光文社文庫

文庫書下ろし／長編時代小説

公方《くぼう》

鬼役 二七

坂岡　真

光　文　社

この作品は光文社文庫のために書下ろされました。

目次

野分《のわき》去り　9
臑《すね》刈り継左衛門《つぎざえもん》　109
人参《にんじん》騒動　204

※巻末に鬼役メモあります

幕府の職制組織における鬼役の位置

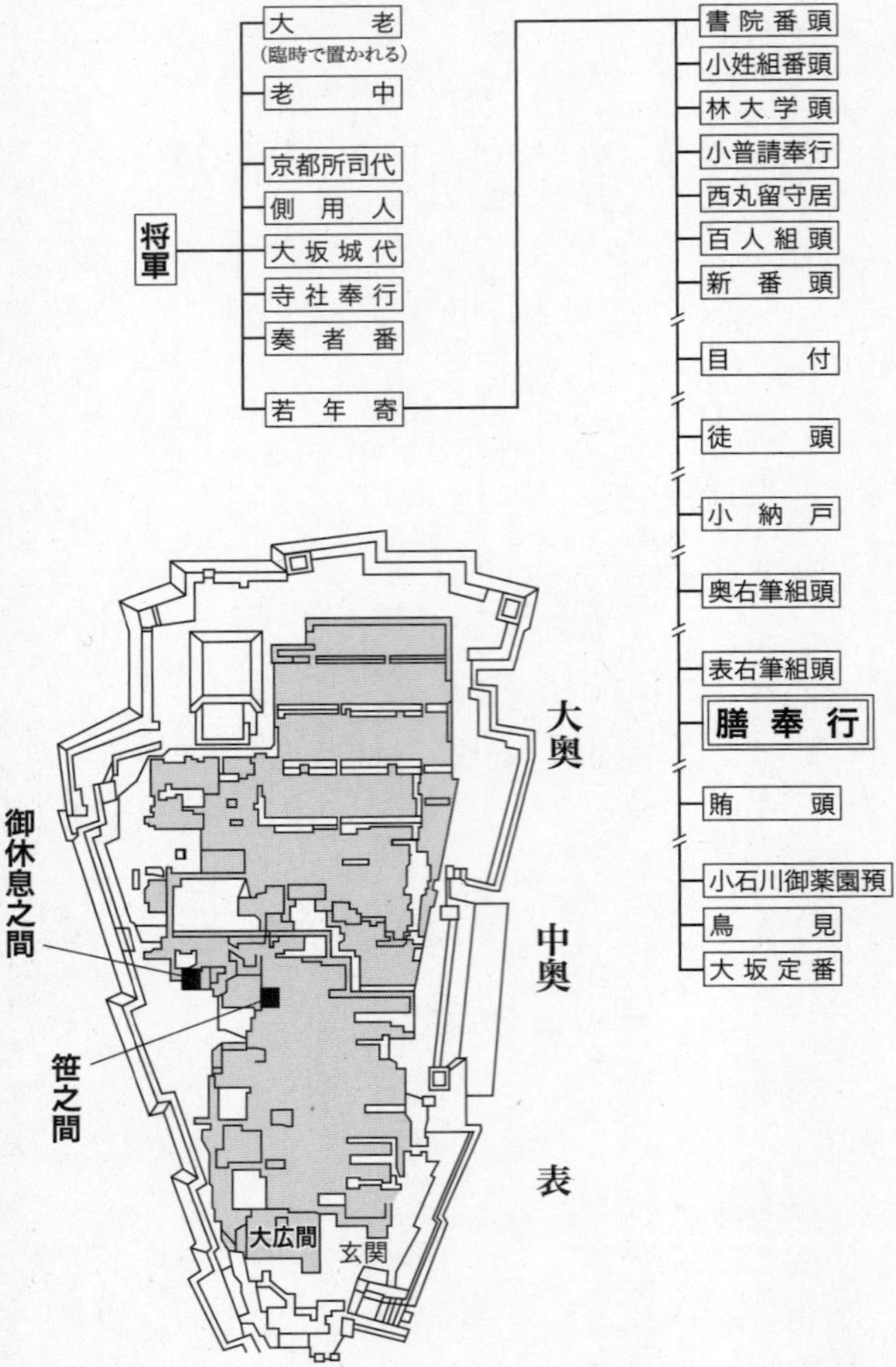

鬼役はここにいる！

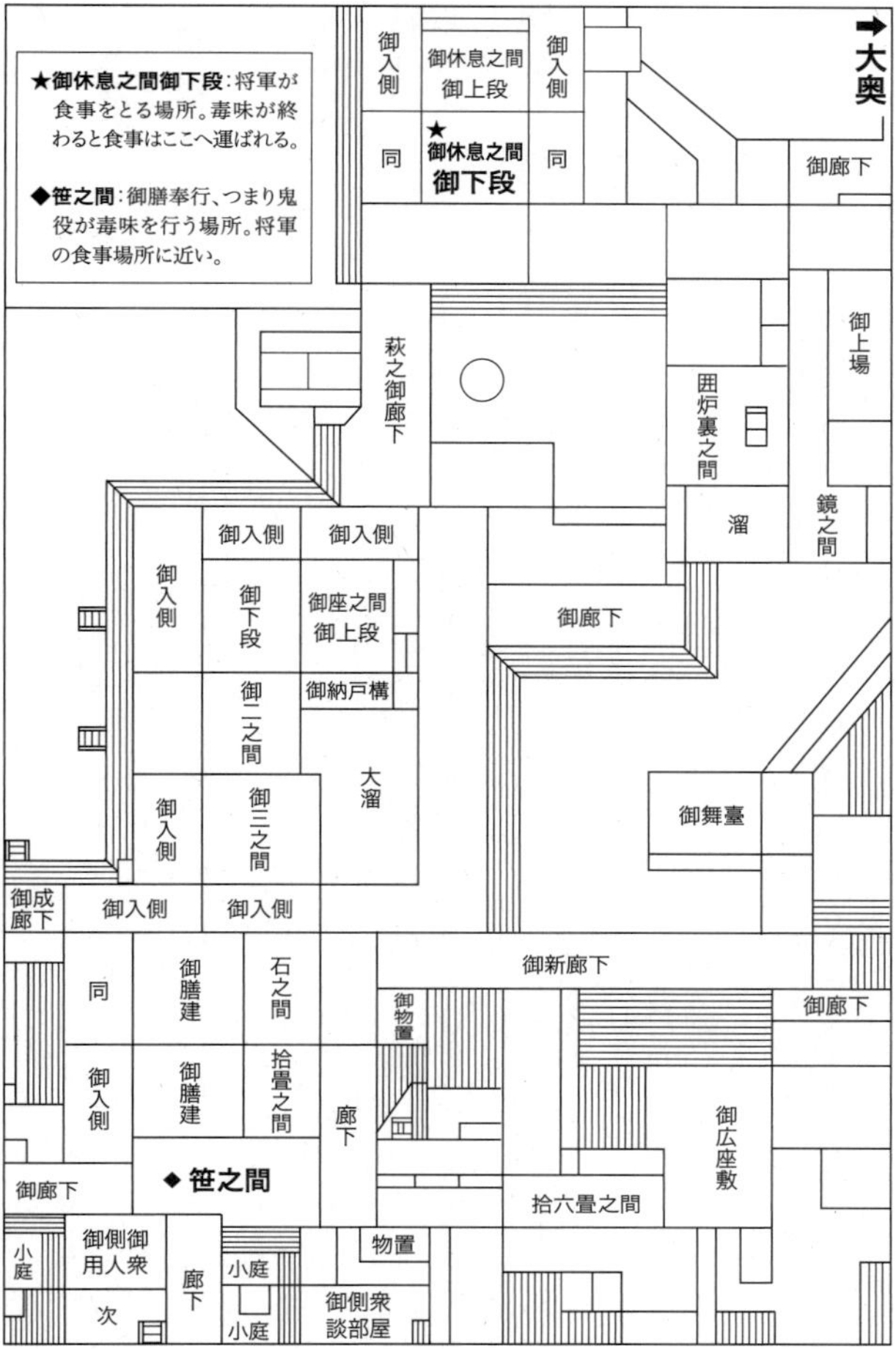
★御休息之間御下段：将軍が食事をとる場所。毒味が終わると食事はここへ運ばれる。
◆笹之間：御膳奉行、つまり鬼役が毒味を行う場所。将軍の食事場所に近い。
→大奥
御入側
御休息之間
御上段
御入側
同
★
御休息之間
御下段
同
御廊下
萩之御廊下
御上場
囲炉裏之間
溜
鏡之間
御入側
御入側
御入側
御下段
御座之間
御上段
御納戸構
御廊下
御二之間
大溜
御入側
御三之間
御舞臺
御成廊下
御入側
御入側
同
御膳建
石之間
御新廊下
御物置
御廊下
御入側
御膳建
拾畳之間
廊下
御広座敷
御廊下
◆笹之間
拾六畳之間
小庭
御側御用人衆
次
廊下
小庭
小庭
物置
御側衆談部屋

主な登場人物

矢背蔵人介……将軍の毒味役である御膳奉行。御役の一方で田宮流抜刀術の達人として幕臣の不正を断つ暗殺役を務めてきた。

志乃……蔵人介の養母。薙刀の達人でもある。洛北・八瀬の出身。

幸恵……蔵人介の妻。御徒目付の綾辻家から嫁いできた。蔵人介との間に鐵太郎をもうける。弓の達人でもある。

鐵太郎……蔵人介の息子。蘭方医になるべく、大坂で修業中。

卯三郎……御納戸払方を務めていた卯木卯左衛門の三男坊。わけあって天涯孤独の身となり、矢背家の養子となる。

綾辻市之進……幸恵の弟。真面目な御徒目付として旗本や御家人の悪事・不正を糾弾してきた。剣の腕はそこそこだが、柔術と捕縄術に長けている。

串部六郎太……矢背家の用人。悪党どもの臑を刈る柳剛流の達人。長久保加賀守の元家来だったが、悪逆な遣り口に嫌気し、蔵人介に忠誠を誓い、矢背家の用人に。

土田伝右衛門……公方の尿筒持ち役を務める公人朝夕人。その一方、裏の役目では公方を守る最後の砦。武芸百般に通じている。

如心尼……元上﨟御年寄。将軍家慶の正室喬子女王の世話役として支えつづけ、喬子の薨去後、落飾。御小姓組番頭の橘右近亡き後、蔵人介に密命を下している。

鬼役 三七

公方《くぼう》

野分《のわき》去り

一

葉月《はづき》、空を覆う鱗雲《うろこぐも》に目を細め、矢背《やせ》蔵人介《くらんどのすけ》は溜息を吐《つ》いた。

「崩れそうだな」

毎年、稲の開花を迎えるこの時期に、全国津々浦々へ災厄をもたらす野分がやってくる。されど、暴風雨の去ったあとにはかならず鰯《いわし》の大漁が伝えられることも、御膳《ごぜん》奉行の蔵人介は知っていた。

鰯は売れる。脂《あぶら》を搾《しぼ》って乾燥させた干鰯《ほしか》は綿作《めんさく》の際に良質な肥料になるので、商人たちが大量に欲しがる。ゆえに、船上から鱗雲を眺め、漁師たちはほくそ笑む。流れる雲に世の移ろいを重ねあわせ、来《こ》し方《かた》をしみじみと回顧《かいこ》したりはしない。漁師たちは生きのびるための稼ぎを得るべく、命懸けで荒れた海へ漕ぎだしていく。「一か八《ばち》か、稼ぎを得られるかどうかは時の運」

そうした生き方に憧れたこともあった。が、多くの人は生まれながらにして進むべき道を定められている。それは宿命とも言うべきもので、人ひとりの力ではどうにもならない。

そんな愚にもつかぬことをつらつら考えながら、蔵人介は傾斜のきつい浄瑠璃《じょうるり》坂を上っていった。

坂を上りきって狭い露地をいくつか曲がると、小禄の幕臣たちが住む牛込《うしごめ》の御納《おなん》戸町《どまち》へ行きつく。将軍家の毒味役をつとめる矢背家の屋敷は御納戸町の片隅にあり、冠木門を潜ったさきに建つ家作《かさく》は安普請《やすぶしん》ではあるものの、玄関や廊下は丁寧に磨きこまれているうえに部屋のなかはすっきりと片付けられ、手入れの行き届いた庭の奥には茶室まで設《しつら》えてあった。

養母の志乃《しの》から「下城したら立ち寄るように」と言われていたことをおもいだし、着替えもせずに羽織袴《はおりはかま》のままで萱《かや》門を通り抜ける。苔生《こけむ》した織部《おりべ》灯籠《とうろう》や砂雪隠《すなせっちん》のある待合いを横目にしながら進み、蹲踞《つくばい》の水で手を浄《きよ》めた。

数寄屋《すきや》風の庵《いおり》を見上げれば、扁額《へんがく》に志乃の好きな桔梗《ききょう》の絵柄が刻まれている。

飛石を伝って近づくと、躙口《にじりぐち》のそばに本物の桔梗も咲いていた。

板戸の隙間からは、抹茶の香が漂ってくる。

どうやら、先客があるようだ。

遠慮して身を離すと、すかさず内から声が掛かった。

「かまわぬ、おはいりなされ」

耳心地よい凜《りん》とした響き、志乃にまちがいない。

蔵人介は身を屈め、躙口に這《は》いつくばった。

茶室は四畳半、利休《りきゅう》好みの又隠《ゆういん》造りである。

身を入れた面前には客畳、左手の踏込畳を経て茶道口へと通じ、真四角に切られたまんなかの炉畳《ろだたみ》を挟《はさ》んで斜め向かいに点前《てまえ》畳が敷かれていた。

窓はふたつの下地《したじ》窓と天井の突上《つきあげ》窓のみ、下地窓から差しこむ午後の陽光が室内の陰影を際立たせている。志乃の座る点前畳の壁には茶道具を仕舞う洞庫《どうこ》が見受けられ、躙口から顔を持ちあげれば床の間があった。

床の間にはどうしたわけか、斧《おの》を担いだ坂田金時《さかたのきんとき》の水墨画が掛けられ、花入れには早咲きの菊が一輪挿《さ》してある。

客畳に座る先客がこちらに向きなおり、両手を畳について深々と頭を下げた。

どうやら武家の妻女らしく、茄子紺《なすこん》の地に撫子文《なでしこもん》を艶《あで》やかにあしらった留袖《とめそで》を纏《まと》っている。

一方、点前畳に膝をたたむ志乃は、岩井茶《いわいちゃ》の地に稲文《いねもん》の描かれた着物に身を包んでいた。

「亀山誠之進《かめやませいのしん》さまのご妻女、琴《こと》どのです。お美しいお方でしょう。しかも、お若いのにしっかりしておられる。そもそも、わたくしに茶を習いたいなどと殊勝《しゅしょう》なお申し出をなさり、わずか半年足らずで一流の茶席を任せられるほどのお点前になられた」

蔵人介は「琴」という名を聞いて、三月ほどまえに関わった女人の顔を思い浮かべた。が、まったくの別人なので、とりあえず黙ってうなずいた。

志乃は目を細め、鶴首《つるくび》の茶釜に手を伸ばす。

茶釜の蓋《ふた》を取って湯を掬《すく》い、無骨な赤楽《あからく》茶碗を温めた。

茶の弟子は大勢いるらしいが、あらためて誰かに挨拶されたおぼえはない。琴に会うのも初めてだが、亀山誠之進という名には聞きおぼえがあった。たしか、疋《ひき》田陰流《たかげりゅう》の遣い手だ。

「このたび、亀山さまは御普請下奉行《ごふしんしたぶぎょう》にご出世なされました。お祝いにお茶でも点《た》てて進ぜようとおもいましてね」

なるほど、祝い事ゆえに斧の描かれた軸を選び、花入れに菊を挿したのであろう。斧と菊のあいだに客の名をくわえれば「斧琴菊《よきことぎく》」となる。志乃は茶室に縁起の良い判じ物の仕掛けをほどこしたのだ。

「おわかりになられたか」

「ええ」

「あの金時、どことのう串部《くしべ》に似ているとおもわぬか」

なるほど、眉の太い惚《とぼ》けた顔といい、横幅のある蟹《かに》のような体軀《たいく》といい、用人《ようにん》の串部六郎太《ろくろうた》に似ていなくもない。

志乃は悪戯《いたずら》っぽく微笑《ほほえ》み、茶杓《ちゃしゃく》の櫂《かい》先に抹茶を盛って赤楽茶碗に入れる。さらに、沸いた湯を注いだのち、茶筅《ちゃせん》を器用に振りはじめた。

――さくさく、さくさく。

一分《いちぶ》の隙もない、流れるような所作《しょさ》だ。

泡立った抹茶が、すっと膝前へ出された。

すでに、琴は一服呑みほしたのであろう。

蔵人介は両肘を張り、茶碗をかたむけた。

ひと息で飲みほし、懐紙《かいし》で軽く口を拭う。

「けっこうなお点前にござる」

神妙な顔で発し、赤楽茶碗を目の高さまで持ちあげた。

「ほほう、おもしろい。火割れの傷を金粉漆《うるし》で繕《つくろ》うてございますな」

「本阿弥光悦《ほんあみこうえつ》も驚くほどの逸品《いっぴん》じゃ。さような楽茶碗、そなたも知らなんだであろう」

「はい、存じあげませなんだ」

本心から欲しいと感じ、蔵人介は嘆息しながら落雁《らくがん》を摘《つま》む。

志乃は赤楽茶碗を素早く引っこめ、洗いもせずに懐紙で包みはじめた。

「養母上《ははうえ》、いかがなされた」

訝《いぶか》しんで問えば、志乃は嬉しそうに琴をみやる。

「祝いの品をと申しあげたら、琴どのは毒味役が口を付けた茶碗を所望《しょもう》なされた。それゆえ、そなたを茶室に招いたのじゃ。理由はまだ聞いておらぬ。そなたとて、琴どのの口から直《じか》に聞きたいであろうとおもうたのでな」

「ご当主さま、申し訳ござりませぬ」

琴はふたたび、畳に両手をついた。

「お師匠さまには、まことに厚かましいお願いをしてしまいました。ご当主さまもさぞかし、ご不審のことと存じます。されど、わたくしの主人はかねてより、矢背さまの温《ぬく》もりが感じられるお品を所望しておりました。主人は五年前より、矢背さまに心酔いたしておるのでございます」

「五年前とな」

「はい。天保《てんぽう》八年弥生《やよい》四日、城内大広間前の表能《おもてのう》舞台にて恒例の町入能《まちいりのう》が催された際、招かれた家主たちに紛《まぎ》れて刃物を持った賊がひとり、突如、大広間へ駆けあがろうといたしました。恐れ多くも、家斉《いえなり》公のお命を狙った暴挙にございます」

小雨のそぼ降る肌寒い日であった。はっきりとおぼえている。あまりに突然のことゆえ、警固《けいご》の者たちは啞然《あぜん》とし、誰ひとりとして止めることもできずにいた。

「そのとき、階段脇に控えておられた矢背さまが脇差を抜刀一閃《いっせん》、瞬《まばた》きの間に暴漢を峰打ちで昏倒《こんとう》させておしまいに。すぐそばで一部始終をみていたのが、蹲踞《つくばい》同心であった柊《ひいらぎ》誠之進にございました」

「柊とは」

「御家人《ごけにん》であった主人の前姓にございます」

同じ年の秋、柊誠之進は小禄の旗本である亀山家の末期《まつご》養子となり、一人娘の琴を娶《めと》った。それから時は流れ、琴が偶《たま》さか矢背家に茶を習いに行くと告げたところ、誠之進は熱を込めて町入能で遭遇した出来事をはなしてくれたのだという。

五年前と言えば、飢饉の影響で世情が混沌《こんとん》としていたころだ。如月《きさらぎ》十九日には大《おお》坂《さか》で元町奉行所与力の大塩平八郎《おおしおへいはちろう》が幕府の理不尽な施策に抗《あらが》って叛乱《はんらん》を勃《お》こした。翌月におこなわれた町入能に暴漢が潜んでいたとしても、けっして不思議ではなかった。世情不安や大塩騒動の責を取るかたちで、家斉は同年卯月《うづき》二日、五十年もの長きにわたった将軍の座を嗣子《しし》の家慶《いえよし》に譲ったのである。

琴は背筋を伸ばし、淀みなく喋《しゃべ》りつづけた。

「賊が昏倒したとき、矢背さまの脇差はすでに鞘《さや》の内に納まっていたそうです。誰の目にも留まらなかったがゆえに、殿中で刀を抜いたことは不問に付された。おそらくはあのとき、田宮《たみや》流抜刀《ばっとう》術の神業《かみわざ》を目にできたのは自分ひとりであろうと、主人はさも自慢げに語りました」

みずからも剣術を修めた身ゆえ、蔵人介の凄さがわかったのであろう。

「凶事を未然に防いだ矢背さまがお毒味役であられたことに、当初、主人は驚きを禁じ得なかったそうです」

無理もなかろう。まともに考えれば、毒味役が近習《きんじゅう》の誰よりも強いはずはないのだ。蔵人介は当時の御小姓組番頭《おこしょうぐみばんがしら》から隠密裡《り》に将軍警固の役を命じられていた。誠之進はのちに蔵人介が修めた流派を調べるなどし、幕臣随一の剣客と評されるほどの人物と知ったらしい。

「町入能での出来事以来、矢背さまを遠目にお見掛けすることもござりましたが、なにぶん主人は人付き合いの不得手な無骨者《ぶこつもの》ゆえ、気軽にはなしかけることもできませなんだ。もし叶《かな》うのならば、矢背さまの身代わりとして神棚に奉じておけるようなお品を頂戴できぬものかと、常日頃から無理筋な願いを聞いておりましたもので、図々《ずうずう》しくもこれ幸いと、お師匠さまに願いでてみたのでござります」

志乃はゆったり構え、口添えをする。

「琴どののお父上はお亡くなりになるとき、無役の小普請《こぶしん》であられたそうな。琴どののご主人は五年前に末期養子になられたあと、小普請組でご苦労を重ね、このたびようやく、百俵十人扶持《ぶち》のお役を手になされた。それもこれも、琴どのがそばにおられたからに相違ない。内助の功を祝うためならば、茶の一服も点てましょうし、光悦好みの赤楽茶碗を差しあげても何ら惜しくはありませぬ」

じつは惜しいのだと顔に書いてあるものの、蔵人介は黙っていた。

琴が恐縮して頭《こうべ》を垂れたままにしていると、志乃は絶妙の間合いで二杯目の茶を点てはじめる。

それにしても、妙なはなしもあったものだ。

蔵人介はなかば呆れつつも、会ったこともない亀山誠之進という人物に好感を抱いていた。

二

翌日、城内中奥《なかおく》。

笹之間《ささのま》はしんと静まりかえり、ものを咀嚼《そしゃく》する音すら聞こえてこない。

相番《あいばん》の逸見鍋五郎《はやみなべごろう》は息をするのも忘れ、箸を手にした蔵人介の美しい所作に見惚れていた。

昼餉《ひるげ》に供される一ノ膳の汁は薄塩仕立てのつみれ汁、椀の蓋を開ければほんのりと柚子《ゆず》の香りが匂いたつ。

ぐうっと、相番の腹の虫が鳴った。

「いや、これはご無礼つかまつった」

逸見はつくねのような丸顔を歪《ゆが》め、愛想《あいそ》笑いを浮かべる。

齢《よわい》は三十代半ば、本人の申すところでは「婿養子の子だくさん」らしい。無役の小普請組から抜けだし、ようやく摑んだのが御膳奉行の役目であった。それを幸運と喜ぶか不運と嘆くかは本人次第、高望みをしない逸見は今の地位に満足しているようだが、鬼役と呼ばれる毒味役が死と隣り合わせの役目であることを忘れている。

蔵人介は懐紙で鼻と口を押さえ、音も無くつみれ汁を啜《すす》ったあと、鱗《うろこ》に焦《こ》げ目のついた初鮭《はつざけ》に取りかかった。

自前の竹箸を器用に使い、鰓《えら》のそばから摘んだ身の一片を口に入れる。初鮭には焼き松茸《まつたけ》が添えてあり、下地に使った煎《い》り酒山葵《わさび》と相俟《あいま》って香ばしさが口いっぱいにひろがった。

蔵人介は表情ひとつ変えない。毛髪はもちろん、睫毛《まつげ》の一本たりとも落としてはならぬゆえ、瞬きひとつしなかった。膳に並んだ豪華な料理を味わうこともせず、精神を研ぎすまし、冷徹に毒を探っている。

蔵人介は千代田《ちよだ》城の天守番《てんしゅばん》をつとめた御家人の家で育ち、十一で将軍家の毒味御用をつとめる矢背家の養子となった。役料二百俵の小禄とは申せ、将軍への目見得《めみえ》が許される旗本である。

養父に課された過酷な修行に耐えぬき、十七で跡目《あとめ》相続を容認され、二十四のときに晴れて将軍家斉への目見得を済ませた。爾来《じらい》、御膳所脇の笹之間で毒味役としての役目を全《まっと》うしている。

――毒味役は毒を啖《くろ》うてこそのお役目。河豚《ふぐ》毒に毒草に毒茸《きのこ》、なんでもござれ。死なば本望《ほんもう》と心得よ。

毒味作法のいろはを教えてくれた養父の遺訓にほかならない。

なるほど、魚の小骨を取り損ねて首を刎《は》ねられそうになった相番もみてきたし、みずから毒を啖うて死にかけたことも何度かあった。死なば本望とでも考えねば、鬼役はつとまらぬ。

「小鉢に盛られたのは、はららごの醬油漬けにござりますな」

逸見に問われてもいっさい応じず、蔵人介は艶《つや》めいた赤い粒に白髪《しらが》大根を添えて口に入れた。

「絶品にござりましょう。それがしなら、銀舎利《ぎんしゃり》を所望いたしますがな、ふふ」

何を言われても無視し、煎り酒山葵で旬の細魚《さより》を食す。さらに、焼き鯖《さば》を辛子《からし》味噌に付けて食べ、鮑《あわび》や結び昆布、花鰹《はながつお》を散らした大蕪《おおかぶ》や銀杏《ぎんなん》なども手際よく片づけた。

酒好きな家慶の膳には、塩辛やくしこなどの酒肴《しゅこう》も見受けられる。臭みの強い辣《らっ》韮《きょう》や葉《は》生《しょう》姜《が》は公方の膳にそぐわぬものだが、家慶の大好物なので御膳所としては外せない。なかでも欠かせぬ一品であるくしこは、はらわたを抜いた海鼠《なまこ》を茹でて串に刺し、干してつくる。

もちろん、上等な酒も用意されていた。蔵人介は表情も変えず、手の甲に垂らした酒の雫《しずく》を舐《な》める。それだけで、灘《なだ》の生《き》一本の白鶴《はくつる》だとわかった。念のため、毒で変色する銀の器に酒を注いでみる。

変化はない。

ほっと、逸見のほうが安堵《あんど》の溜息を吐いた。

襖《ふすま》がするすると開き、納戸方《なんどかた》の若侍が二ノ膳を運んでくる。

「吸い物の実は松茸にじゅんさい、それに柚子の細切りを散らせてありますな」

すぐさま逸見は反応したが、配膳役にも無視された。

七宝《しっぽう》の平皿には、定番となった鱚《きす》の塩焼きと付け焼きが並んでいる。

小鉢には鴨《かも》の炙《あぶ》り肉、烏賊《いか》と黒慈姑《くろくわい》、塩わらび、剝《む》き蛤《はまぐり》、薄辛子で田楽《でんがく》にした冬瓜《とうがん》などが盛りつけられ、猪口《ちょく》には醤油で付け焼きにした蓮根《れんこん》や柿の白和《しらあ》えが、置《おき》合《あ》わせには蒲鉾《かまぼこ》と玉子焼が、お壺《つぼ》には唐墨《からすみ》などが見受けられた。

平皿から小鉢へ、小鉢から猪口へ、毒味は淡々とすすんでいく。

逸見の口数は少なくなり、腹の虫だけが鳴いていた。

相番はどちらか一方が毒味役となり、別のひとりは監視役にまわる。毒味役に失態があれば介錯《かいしやく》する厳しい役目も負っているので、本来であれば笹之間は張りつめた空気に包まれていなければならない。

やがて、配膳役が頻繁に顔を出すようになった。

毒味の済んだ料理は隣部屋へ運び、汁物などは替え鍋で温めなおす。椀や皿は梨子地金蒔絵《なしじきんまきえ》の懸盤《かけばん》に並べかえられ、美濃《みの》米の銀舎利を詰めたお櫃《ひつ》ともども、公方の待つ御小座敷《おこざしき》へと運ばれていく。

御膳所から御小座敷までは遠く、配膳役は御座之間《ござのま》と御休息之間《ごきゆうそくのま》を脇にみながら長い廊下を渡っていかねばならない。途中で懸盤を取りおとしでもしたら、御役御免どころか切腹ものである。滑って転んだ拍子に汁まみれとなり、味噌汁臭い首を抱いて帰宅するはめになるのだ。

蔵人介はいよいよ、最大の難関に取りかかった。

「鯛《たい》の尾頭《おかしら》付き……」

逸見が緊張の面持《おもも》ちでつぶやくとおり、月例の吉日に供される鯛や平目《ひらめ》の尾頭付きの骨取りは鬼門《きもん》中の鬼門にほかならない。

竹箸の先端で丹念に骨を取り、原形を保ったまま身をほぐす。頭、尾、鰭《ひれ》のかたちを変えずに骨を抜きとることは熟練を要する至難の業《わざ》、小骨が公方の咽喉《のど》に刺さりでもしたら重い罪に問われかねなかった。それゆえ、鬼役は「小骨ひとつで命をも落とす損な役目」と、中奥の連中に揶揄《やゆ》されている。

しかし、蔵人介にとって、骨取りは難事でも何でもない。いとも簡単に難関を乗りこえてみせ、毒味御用は滞《とどこお》りなく終わった。

「さすがのひと言に尽き申す」

逸見は感服し、いつものように城内の噂話をしはじめる。

「賄賂《まいない》とは、羨《うらや》ましくも恐ろしいものにござります。奥御右筆《おくごゆうひつ》の組頭《くみがしら》であられた大根《おおね》さまのこと、お聞きおよびにござりましょう。奥御右筆の組頭ともなれば、大名商人いずれからも口利きを依頼されるお立場、そのお立場を利用して賄賂をせっせと貯めこみ、それを元手に町人地を買い漁《あさ》った。数年にわたって買いあつめた地面の価値は、金額に換算して八千両を超えておったとか。町人地からあがる地代は年に三百両超、まさに、濡れ手で粟《あわ》とはこのことにござる」

興味も湧かぬはなしだが、蔵人介は逸見の喋るにまかせた。

「さらに、大根さまの上をいく方がおられました。御側衆《おそばしゅう》の五代《ごだい》さまにござる。こちらは賄賂を元手に、何と二万両にもなる町人地を買い求め、年に六百両以上の地代を得ておられたとか。蓄えは土蔵がかたむくほどでござったが、驕《おご》れる人も久しからず、五代さまも大根さまも高転びに転げ落ちておしまいに。理由は町人地購入の届け出がなされておらなんだことなれど、おおかた、やっかみ半分に誰かから告げ口されたのでしょう。それがしも借りた金で町人地の一角を手にしたいと望んでおったもので、そのはなしを小耳に挟み、冷水を浴びせられた気分になりましてな」

武家商家にかぎらず、町人地の売買は盛んにおこなわれていた。ことに人気があるのは日本橋《にほんばし》や京橋《きょうばし》、赤坂《あかさか》や四谷《よつや》や芝《しば》あたりの街道沿いで、人が多く集まる門前町や広小路のそばなども高値で売買される。

町人地を買い漁る幕臣《ばくしん》のはなしは枚挙《まいきょ》にいとまが無い。「地面《じめん》売買口入《くちいれ》世話人」と称する仲介屋から売り地や売り手の情報を入手し、めでたく購入できたのちは商人や町人に貸して地代を得ようとするのだ。

もっとも、地主になるのは小金を持った連中だけで、小金すらない幕臣のなかには拝領屋敷を他人に貸して自分は狭い家作を借りて住む者も大勢いる。こちらは家賃収入を得るためにやっていることだが、そうでもせねば暮らしていけぬため、公儀は黙認していた。

「目立ちすぎれば、かならず叩かれます。何事もほどほどが肝要《かんよう》にござる。それにつけても、賄賂が欲しい。それがしは子だくさんゆえ、ちびどもを食べさせていくのも難儀《なんぎ》でしてな。聞けば、御膳所の連中も仕入れの際に、出入りの商人から袖の下をせびっておるとか。御膳奉行にも賄賂を貰う手だてはないものでござろうか。矢背どの、ご存じならば教えていただけませぬか」

教えることなど、ひとつもない。

逸見はめげずにつづけた。

「高転びに転げ落ちた輩《やから》もあれば、ようやく御役を摑んだ苦労人もおる。同じ小普請組で何年も傷を舐めあった知りあいが、このたび、御普請下奉行に就くことと相成り申した」

御普請下奉行と聞き、蔵人介はおやとおもった。

懸命に夫のことを語る琴の顔を思い出したのだ。

「何と、市中で辻強盗に襲われた干鰯《ほしか》問屋を救ってやり、その見返りに口を利いてもらったのだとか。救った干鰯問屋は御普請奉行の役宅に出入りする御用達《ごようたし》だったのです。さような幸運、万にひとつもござるまい。運を拾った者は疋田陰流の遣い手ゆえ、名をお聞きになれば存じておられるやもしれませぬ」

こちらを探るようにみつめ、逸見はぽろりとこぼす。

「亀山誠之進と申します。お聞きになられたことは」

「ござらぬ」

事情を説くのも面倒なので、蔵人介はきっぱり否定した。

「さようでござりますか。じつは妙な男でしてな、それがしが御膳奉行に就いた折、角樽《つのだる》を提《さ》げて訪ねてまいり、自分も鬼役になりたいのだと、羨望《せんぼう》の眼差しを向けたのでござる。確たる理由は喋りませなんだが、正直、いくら小普請組から脱することができるとは申せ、毒味役が羨ましいなどと口にする者を知りませぬ。嘘を吐くような男でないだけに、首を捻《ひね》るしかありませなんだ」

予期せぬところから名が出ると、何やら因縁めいたものを感じてしまう。

喋り足りなそうな相番から目を逸《そ》らし、蔵人介は厠《かわや》に行くと断って重い腰を持ちあげた。

三

宿直《とのい》明けの翌朝巳《み》ノ刻（午前十時）頃、蔵人介は下城して半蔵《はんぞう》御門を潜った。

用人の串部が待っているはずなのに、今日はすがたがみえない。

どうしたものかと立ち止まったところへ、濠端のほうから小走りに近づいてくる裃《かみしも》姿の侍があった。

「矢背蔵人介さま」

今にも泣きだしそうな顔で叫び、頰を紅潮させながら名乗ってみせる。

「それがし、亀山誠之進にござります」

「おお、亀山どのか」

蔵人介が警戒を解くと、亀山は恥ずかしそうに微笑んだ。

「妻がいつもお世話になっております。しかも、先日は御母堂《ごぼどう》さまよりたいへん貴重なお品を頂戴し、御礼の申しあげようもござりませぬ」

「固い挨拶は抜きにされよ。もしや、濠端にずっとおられたのか」

「……い、いえ、偶さかお見かけしたもので、矢も盾《たて》もたまらず、不躾《ぶしつけ》ながら罷《まか》りこした次第にござります」

どうやら、待ちつづけていたらしい。逸見も言っていたとおり、嘘の吐けぬ男のようだ。

「本来であれば、御屋敷へ伺《うかが》わねばならぬところにござりますが、急ぎ御礼だけでもとおもいまして」

「気を遣わずともよい。ご妻女から五年前の経緯も伺った。これも何かの縁とおもうておる」

齢は三十二と聞いたが、もっと若そうにみえる。

蔵人介は串部を待たず、のんびり歩きはじめた。

亀山はやや後ろから、遠慮がちに従《つ》いてくる。

「新しいお役目は、いかがかな」

振りむいて問うと、嬉しそうなこたえが返ってきた。

「なにぶん不慣れなお役目ゆえ、毎日が不安だらけにござります」

「御普請方下奉行と申せば、市中の道普請や川普請ばかりか、拝領地への目配りなどもせねばならぬ。お役目が広範囲にわたるだけに、おぼえねばならぬことも多かろう」

「仰《おつしや》るとおりにございます。ことに難しいのは拝領地の相対替《あいたいがえ》に関するお役目で、
そもそも、上様から拝領した地所であるにもかかわらず、何故、武家同士で売買できるのか理解できませなんだ」

たしかに、所有者の明記された沽券状《こけんじよう》のある町人地と異なり、武家の拝領地は幕府の定めた法度《はつと》でも売買してはならぬものとされている。が、抜け道はあった。交換ならばみとめられており、拝領地を丸ごとではなしに分割して交換することもできる。

「切坪《きりつぼ》相対替と申すそうです」

土地の価値は場所や条件によって異なるので、単純に同じ広さの拝領地同士の交換は成立しない。したがって、拝領地を分割して交換するのだが、その際に足りない分は金銭で補う。つまり、代価さえ払えば一千坪と十坪の交換であっても成立し、実際は拝領地の売買が可能になる。

「しかも、一対一の交換とはかぎりませぬ」

三者による三方相対替や四者による四方相対替はざらにあり、二十一者による二十一方相対替などの例もあるという。

「そうなるともう、何が何だかさっぱりわからなくなります」

町人地であれば町入用《まちにゆうよう》や七分積金《しちぶつみきん》などの自治費用が捻出《ねんしゅつ》できるし、郊外の農地や大名が農地を買って抱え屋敷にした代官地からは年貢を徴収できる。しかし、武家に与えた拝領屋敷は幕府にたいして何ひとつ見返りを生まない。それでも売買を許してきたのは、大名や大身旗本の要望にこたえる懐柔策《かいじゅうさく》の一環だった。

幕政の舵《かじ》取りを握る水野越前守忠邦《みずのえちぜんのかみただくに》をみればよくわかる。忠邦はみずから率先して、拝領地の売買を繰りかえしてきた。芝高輪《しばたかなわ》の下屋敷三千坪のうちの二千坪余りを元手に取引を重ね、たとえば、天保八年に下屋敷百坪と大身旗本の拝領屋敷一万坪を切坪相対替によって得るなどし、同年から金銭のともなう土地交換を最低でも五回はおこなったあげく、今や、所有する拝領地は二万坪余りに拡大していた。法度《はっと》に反していないので、武家同士でこうした取引が堂々とおこなわれている。忠邦などは老中首座《ろうじゅう》という立場を利用して私財を殖《ふ》やしているとしかおもえぬが、貧乏旗本にすぎぬ蔵人介には関わりのないはなしであった。

ともあれ、普請方下奉行は拝領地取引の下調べをしたり、上役である普請奉行が許可を与えるための根拠を書面でしめさねばならない。本来であれば、手続きの中身をよく知る者が親の代から引き継ぐべき性質のもので、右も左もわからぬ素人《しろうと》にまかせられる役目ではなかった。

それでも、亀山は眸子《まなこ》を輝かせる。

「難しゅうございますが、それだけに遣《や》り甲斐《がい》もございます」

「さようか、なればよいがな」

ふたりは麴町《こうじまち》から番町《ばんちょう》を抜け、市ケ谷《いちがや》御門を潜った。

濠に架かる橋を渡った正面は亀岡《かめがおか》八幡宮、右手に曲がって濠端の道を進めば左手に浄瑠璃坂がみえてくる。

「矢背さま、ひとつ伺いたいことがござります」

「ん、何であろうな」

「それがし、亀山家へ婿入りしてからこの方、妻の琴に迷惑の掛けどおしにござりました」

小普請組から逃れられぬことを恥じて酒に逃げた時期もあったし、性悪《しょうわる》な中間《ちゅうげん》の口車《くちぐるま》に乗って鉄火場《てっかば》に入り浸ったこともあったという。

「そもそも、それがしは御家人からの末期養子にござります。亀山家を守らねばならぬのに、いまだ嗣子にも恵まれておりませぬ。すべてはそれがしの不徳の致すところにもかかわらず、琴は駄目な夫を見捨てず、最初からずっと変わらずに立ててすごしてくれます。どうにかして、感謝の気持ちを伝えたいのです。されど、何ひとつ気の利いたことばが浮かんでまいりませぬ。矢背さま」

「待て。わしとて、妻に掛けることばなど持っておらぬ。ことばなど無くとも通じあえるのが、夫婦《みょうと》というものであろう」

「はあ」

「とは申せ、おぬしの気持ちもわからぬではない」

蔵人介は、ほっと溜息を吐いた。

「やはり、伝えねばならぬことばもあろうし、ことばではっきりと伝えてやらねばならぬときもある。どうであろう、文《ふみ》をしたためては」

「文でござりますか」

微妙な反応にたいし、蔵人介は気持ちを込める。

「口にはできぬことでも、文にすれば伝えられるかもしれぬ。それとも、文を書くのは不得手《ふえて》か」

「いささか」

「ふっ、ならばなおさら、書いてみるがよい。みずからの気持ちも整えられよう」

「みずからの気持ち」

「そうだ。感じたままを書けばよい。その文をご妻女の目の届かぬところへ、そっと置いておくのだ。たいせつな文は、ひとりで嚙みしめて読むものゆえな」

「なるほど、そういうものでござりますか。いや、おもいきってご相談申しあげた甲斐がありました」

亀山は眸子を輝かせ、深々とお辞儀をしてみせる。

何故、文を書けなどと口走ったのか、蔵人介は自分でもよくわからない。

日頃から妻の幸恵《ゆきえ》にしてやろうとおもっていたことかもしれず、茶室で親しくなった琴を驚かせてやりたかったのかもしれない。

「もうひとつ、お願い致したきことが」

亀山は居ずまいを正し、真剣な顔を向けてくる。

「五年前にはじめてお目にかかったときから、ずっと胸に温めてまいりました。是非一度、お手合わせ願えぬものかと」

「噂には聞いておる。おぬし、疋田陰流の遣い手らしいな」

「家慶公の御前で、一度だけ演武を披露申しあげたことがござります」

「ふむ、その演武を目にした者から聞いたのだ。気合いの籠《こ》もった、じつに見事な形《かた》であったとな」

「さようにお褒《ほ》めいただくと、恐縮《きょうしゅく》するしかござりませぬ」

「疋田陰流は刺突《しとつ》に妙味《みょうみ》ありとも聞く。おぬしの突きは、さぞかし鋭いのであろうな」

「筑土《つくど》八幡の近くに、それがしの通う道場がござります。野分の去った好日《こうじつ》にでも、是非、一手指南をお願い申しあげます」

「どちらが指南役かは、対峙《たいじ》してみねばわかるまい。楽しみにしていよう」

「ありがたき幸せにござります。されば」

亀山の家は神楽坂《かぐらざか》の中途にあるというので、ふたりは浄瑠璃坂の下で別れた。

眸子を細め、しばらくは細身の背中を見送る。

後ろを振りむいても、串部のすがたはない。

どうせ、宿酔《ふつかよ》いで腹でも下したのだろう。

鬢《びん》が風に震えた。

濠の水面はさざ波立ち、土手の雑草はざわめいている。

空は鉛《なまり》色の雲に覆われつつあった。

どうやら、野分めいてきたようだ。

蔵人介は向かい風に抗《あらが》うように、勾配のきつい坂道を上りはじめた。

四

三日三晩、江戸の町は暴風雨に晒《さら》された。

安普請の屋根が風に飛ばされかけたものの、どうにか持ちこたえたのは幸運以外の何ものでもあるまい。

野分の去った翌朝は、嘘のような好天となった。

庭に出て汗ばむほどの日差しに面食らっていると、伊助《いすけ》と名乗る使いが訪ねてきた。

幸恵に呼ばれて玄関へ出てみると、伊助は隅のほうで縮こまっている。

「公方さまの御毒味役、矢背蔵人介さまであられますか」

「さようだが」

「亀山さまのお宅から御伝言を預かってまいりました。今宵《こよい》、亀山誠之進さまのお通夜がございます。至急、そのことをお伝えしてほしいとのことで」

「えっ」

ことばを失っていると、伊助はお辞儀をして去ろうとする。

「待て」

「えっ、何か」

「亀山どのは、お亡くなりになったのか」

「はい、一昨日の晩、稲荷堀《とうかんぼり》でお亡くなりに」

増水した日本橋の稲荷堀へ視察におもむき、不慮《ふりょ》の死を遂げたらしかった。

「不慮の死とは、どういうことだ」

喧嘩腰に問うと、伊助は亀のように首を引っこめる。

どうやら、足を滑らせて川に落ちたとか、そういうことではないらしい。

「ほとけを拝んだわけでもなし、手前にはおこたえできません。でも、近所の噂では辻斬りに殺《や》られたそうで」

「辻斬り」

「何でも、背中からぶすり、臍《へそ》まで達する刀傷があったとか」

「まことか、それは」

「……い、いえ、噂にござりますよ」

伊助は慌てて否定し、そそくさと居なくなってしまう。

人の気配に振りむけば、志乃が蒼白《そうはく》な顔で立っていた。

「琴どのが案じられます。わたくしはひとあし先にお宅へまいるゆえ、蔵人介どのは何があったのかお調べを」

「かしこまりました」

志乃が奥へ引っこむと、用人の串部六郎太が玄関先にのっそりあらわれた。

「殿、はなしは伺いました」

串部は臑《すね》斬りを得手《えて》とする柳剛《りゅうごう》流の剣客でもある。眉間に皺《しわ》を寄せ、腰に差した同田貫《どうたぬき》の柄頭《つかがしら》を握りしめた。

「暴風雨の夜に辻斬りなど、まんがいちにもあり得ぬことかと存じます」

「ふむ」

しかも、亀山誠之進は疋田陰流の手練《てだれ》、見も知らぬ辻斬りに背中を向けることは考えづらい。

「使いの者が聞いた噂がまことなら、顔見知りの仕業かもしれぬ」

「不意打ちにござりますな。それがしも、さように考えまする。さっそく、普請方の連中を当たってみる必要がありそうですな」

「頼む。金絡みと怨恨、両方の線で当たってみてくれ」

「はっ」

蔵人介は門を出たその足で、日本橋の稲荷堀へ向かった。

稲荷堀は堀留の甚左衛門町《じんざえもんちょう》から箱崎《はこざき》に延びる堀川で、下総《しもうさ》から塩船がやってくる行徳河岸《ぎょうとくがし》とも繋《つな》がっている。河岸の周囲には塩問屋の土蔵が立ちならび、荷船の行き来も頻繁《ひんぱん》に見受けられた。

たどりついてみると、いつもどおりの賑《にぎ》やかさで、暴風雨による被害の痕跡は見受けられない。堀川に沿って銀座方面へ向かっても、両岸に軒を並べる瀬戸物屋はいつもどおりに店を開けているし、右手につづく酒井雅楽頭《さかいうたのかみ》の中屋敷も静寂に包まれていた。

堀留の左手は小網町《こあみちょう》で、堀川を挟んだ向こうには魚河岸がある。そちらもたいへんな賑わいで、あるのは日常の光景にすぎない。

何故、亀山誠之進はわざわざ稲荷堀へ来たのか。

しかも、夜半に駆けつけねばならぬほど切迫した情況だったのかどうか、疑念を払拭《ふっしょく》すべく瀬戸物屋をまわって何人かに尋ねてみたが、やはり、一昨夜の段階で堀川が溢れるほどの被害はなかったという。

辻斬りのあった場所へ向かおうと、小網町の自身番《じしんばん》も訪ねてみた。

図体《ずうたい》の大きな番太《ばんた》が居眠りをしており、上がり端に座って声を掛けると、眸子を擦《こす》りながら素姓を問うてくる。

蔵人介は身分を明かさず、亡くなった亀山誠之進の知りあいとだけ告げた。

番太《ばんた》はのっそり起きあがり、遺体《ほとけ》のみつかったさきへ案内してくれるという。

「夜廻りをしていて、あっしがほとけさんをみつけたんでさあ」

番太は溜息を吐き、行徳河岸のほうへ導いていった。

さきほどは見逃したが、木橋のたもとに花束が置いてある。

「そこでさあ。道端に俯《うつぶ》せで倒れておりやしてね」

「刀傷を確かめたのか」

「ええ、背中からひと突き。ほかに刀傷はありやせんでした。そいつはあとで町奉行所のお役人もお確かめに」

「殺った者に心当たりは」

「ございません」

顔をまじまじとみたが、嘘は吐いていないようだ。

「ならば、亀山誠之進にみおぼえは」

「ござんした。ここのところ、何度か見掛けておりやしてね」

「ほう、河岸の辺を歩いておったのか」

「そこの干鰯問屋に出入りしておられたみたいで」

「干鰯問屋」

そう言えば、亀山が普請下奉行の役を得られたきっかけは、市中で辻強盗に襲われた干鰯問屋を救ったことだった。

「房州《ぼうしゅう》屋と申しやす。ほら、河岸のさきに大きな蔵屋敷がありましょう」

足を向けて見上げれば、うだつの脇に掲げられた屋根看板に『房州屋』とある。

「もうすぐ、公儀御用達の金看板に替わるそうでやすよ」

そもそもは、下総国関宿《せきやど》藩領内の商人だったらしい。銚子《ちょうし》や奥州《おうしゅう》から干鰯を仕入れ、北関東の百姓に転売していたが、江戸川《えどがわ》経由で御府内の市場に販路を拡げ、急成長を遂げた。今では塩や魚油《ぎょゆ》や薪炭《しんたん》なども扱い、蔵がいくつも建つほど儲けているという。

「一昨日の晩は見掛けておりやせん。房州屋のことを詳しくお知りになりたいなら、四谷に武蔵《むさし》屋市兵衛《いちべえ》ってのがおります」

「武蔵屋市兵衛とは」

「売り地の口入《くちいれ》を生業《なりわい》にしている、けちな野郎ですよ」

売り地を仲介する地面売買口入世話人のことらしい。

番太は恨みでもあるのか、憎々しげに吐きすてる。

「市兵衛に金を借りておりやしてね。あの野郎、足許《あしもと》をみて高《たけ》え利息を吹っかけてきやがった」

武蔵屋の所在を聞きだすと、蔵人介は番太に礼を言って行徳河岸を離れた。鎧《よろい》之《の》渡《わた》しまで戻って小舟を調達し、日本橋川、楓川《もみじがわ》、三十間堀《さんじつけんぼり》川と経由して溜《ため》池《いけ》の手前まで漕ぎすすむ。陸《おか》にあがってからは、溜池沿いに桐畑《きりばたけ》と呼ばれる土手道を歩き、赤坂《あかさか》御門外と喰違《くいちがい》御門外を通過して四谷御門外へたどりついた。

武蔵屋は濠端に近い四谷塩町《しおちょう》の一隅にある。

店先では荒物《あらもの》や雑貨のたぐいを売っており、一見すると地面売買の口入を生業にしているようにはみえない。

敷居をまたぐと、狡猾《こうかつ》そうな狐顔の男が奥のほうから三白眼で睨《ね》めつけてきた。

「すまぬが、ちとものを尋ねたい」

蔵人介は機転を利かせ、偽《いつわ》りの身分を告げる。

「関宿藩普請奉行、山田善兵衛《やまだぜんべえ》という者だ」

主人らしき男は途端に態度を変え、愛想笑いを浮かべながら飛びだしてきた。

「これはこれは関宿藩の、ということは久世《くぜ》さまのご家来衆であられますな」

「さよう」

関宿藩五万八千石を治める久世家は、老中や京都所司代《しょしだい》などに任じられた殿さまを輩出してきた譜代《ふだい》の名門である。干鰯問屋を営む房州屋は関宿を根城にしていたと聞いたので、藩の御用達にちがいないと踏み、蔵人介は門前払いを避けるために久世家の名を出した。

どうやら、効果は覿面《てきめん》のようだ。

「ささ、こちらへ。手前が主人の市兵衛にござります。むさ苦しいところで申し訳ござりませぬ」

「気を遣わずともよい。約束もなく訪ねてまいったこちらがわるいのでな」

「いえいえ、久世さまの御家中と伺った以上、襟を正さねばなりませぬ」

ひゅっと両手で襟を寄せ、武蔵屋はきちんと正座する。

蔵人介は鎌を掛けた。

「その態度はあれか、当藩の御用達でもある房州屋の絡みか」

「仰るとおりにござります。房州屋さんには、たいへんお世話になっておりまして」

「町人地をいくつか世話してやったらしいな」

「ええ、そりゃもう。この三年足らずで七、八箇所ほどご購入いただいておりまして、ご購入なされた土地の値段を合わせれば、一万両は楽に超えておりましょう」

「ほう、それは豪儀《ごうぎ》だな」

いずれも、日本橋や京橋を中心とする一等地だという。口利きをおこなう武蔵屋の取り分は、売買価格千両につき三十両程度が相場とされていた。一万両なら三百両は儲けていることになり、武蔵屋にとって房州屋は特上の顧客にまちがいなかった。

「それでも、房州屋さんは足りないと仰る。ご存じのとおり、公儀御用達の金看板を掲げるためには、府内にどれだけの土地を持っているかが重要な目安になりますからね。一等地があればいくらでも欲しいと、旦那は仰います。さすがの手前も、売り地を探すのに苦労しているのが正直なところで」

「なるほど、されば、久世家が北新堀《きたしんぼり》か深川《ふかがわ》で隣地が欲しいと願っても、口利きは難しかろうな」

「いえいえ、そういうことなら、はなしは別でござります。久世さまは箱崎の北新堀町と深川の伊勢崎町《いせざきちょう》に御屋敷をお持ちですな。伊勢崎町のほうならば、お隣の松平《まつだいら》さまとすぐにおはなしができます。手前にお任せいただければ、早急にはなしをとりまとめてみせましょう」

「ほう、大名家にも口利きができるのか」

「もちろんでござります。こう言っちゃ何ですが、われわれ地面屋《じめんや》にとって拝領地の交換ほどおいしい商売はありません」

大名は欲しい土地を入手できるなら、いくらでも礼金を弾む。町人地のように法度で定められた口利き料もないので、言い値を吹っかけることはいくらでもできた。おそらく、それを「おいしい商売」と言いたいのであろう。

だが、蔵人介が聞きたいのは房州屋のはなしだ。

「町人地の調達が難しいとなれば、房州屋も困っておろうな」

「ふふ、それがそうでもありませぬ」

不敵に笑う市兵衛に、蔵人介はさりげなく尋ねた。

「どういうことだ」

「町人地でなくても、所有地を増やす手はござります」

「詳しく教えてもらえぬか。わが藩も、大名地との交換が駄目なら、別の手を考えねばならぬゆえな」

「たしかに、御大名にも通用する手かもしれませぬ。されば、ここだけのはなしに」

「ふむ」

膝を寄せると、市兵衛は声を一段と落とす。

「狙いは火除地《ひよけち》にござります」

「火除地」

「はい。公儀の定めた空き地だけに一見難しそうにおもわれますが、その筋に拝借願いを出して借り、植木屋とか紺屋《こうや》に又貸ししちまえばよろしいんです。そうすれば、地代収入もちゃんと得られる」

「されど、拝借地は所有地に加算されまい」

「加算はされませぬが、考慮はされます。火除地は街道沿いなどの便の良い場所に点在しておりますので、そもそもの価値が高い。『土一升《しょう》に金一升』などとも喩《たと》えられる価値の高い土地を借りて上手に利用し、それ相応の拝借料を払えば、公儀の心証もよくなります。何せ、遊ばせている土地ですからね。しかも、ことによったら、お役人に筆を舐めてもらえる」

「筆を」

「大きい声では申しあげられませぬが、いざとなれば、隣地の沽券金高《こけんきんだか》並みで所有地に加えていただけることも、できない相談ではござりませぬ」

帳面の改竄《かいざん》である。表沙汰《おもてざた》になれば、頼んだ側も頼まれた側も罪に問われることとなろう。ところが、筆を舐める役人はいくらでもいるという。

房州屋のような悪徳商人が裏で手をまわし、法外な賄賂を献上するからだ。

賄賂の贈り相手となる役人の筆頭は、さしずめ、火除地を管轄《かんかつ》する普請奉行あたりだろうか。

「案件によっては、御同朋頭《ごどうぼうがしら》や奥御右筆あたりも抱きこまねばなりませぬ。されど、いちばんだいじなのは足許のお役人にござります」

「足許」

「はい」

測量や書面作成に関わる事務方に融通の利く役人が必要になってくる。

「もしや、そのお役目とは」

「御普請下奉行にござりますよ」

声も起《た》てずに笑う市兵衛は、大それたことを喋っている認識すらなさそうだ。

おそらく、こうした土地絡みの不正は、ごくあたりまえのようにおこなわれているのだろう。

蔵人介は重い腰を持ちあげた。

「あれ、もうお帰りですか」

「ふむ、また出直してこよう。貴重なはなしを聞かせてもらった。されば な」

背を向けようとしたところで、市兵衛はようやく不審を抱いたようだった。

が、すでに遅い。

亀山誠之進が殺《あや》められた事情の一端を、蔵人介は摑みかけていた。

五

筆を舐めることを強要されたにもかかわらず、亀山がそれを拒んだとしたら、秘密の漏洩《ろうえい》を恐れた連中がつぎに打つ手はかぎられてくる。

串部は普請奉行の周辺を嗅ぎまわり、妙なはなしを仕入れてきた。

「じつは、亀山さまの前任者にあたる御普請下奉行が、三月《みつき》ほど前、不慮の死を遂げておりました」

酒に酔って堀川にはまり、翌朝、大川《おおかわ》の川岸へ打ちあげられていたらしい。

「内村与左衛門《うちむらよざえもん》と申す者が、与左衛門ならぬ土左衛門《どざえもん》でみつかったのでござる」

串部のつまらぬ冗談を聞きながし、蔵人介は溜息を吐いた。

「で、不慮の死の真相は摑んだのか」

「殺しではないかと。はっきりとは申しませぬが、内村某をよく知る者たちの何人かが疑っておりました」

内村は堅物《かたぶつ》で知られ、上役の指図でも理不尽な命には容易にしたがわぬ男だった。そのせいで命を縮めたのではないかと、陰で噂されていたという。

「理不尽な命を下すとすれば、それは誰だ」

「平林大膳大夫《ひらばやしだいぜんのだいぶ》なる普請奉行にござりまする」

家禄一千五百石に足高《たしだか》五百石の加増《かぞう》を受け、二年前に下《した》三奉行のひとつである普請奉行を拝命した。爾来《じらい》、役宅とされた平林家には賄賂を携えた商人や大名家の家臣たちが日参しているという。

法度に触れずに財を殖やすには、価値の高い土地を取得するにかぎる。

「金持ちどもは『お江戸の地べたは黄金色《こがねいろ》』などと言いはなち、鵜《う》の目鷹《たか》の目で良い土地を探しているのだとか」

そうした連中に土地情報を提供するのが、武蔵屋市兵衛のような地面売買口入世話人なのであろう。

普請奉行という役目は、私利私欲の絡みあう結節点に置かれている。みずからを厳しく律しなければならぬ役目であることは言うまでもない。ところが、周囲の噂《め》を聞くかぎり、平林大膳大夫とは欲得ずくで動く人物のようだった。それでも、目付《つけ》の追及を逃れているのは、やり方がよほど狡猾だからなのであろう。

「直にお会いになれば、どのような人物かはおわかりになりましょう」

「じつは、城内で一度ことばを交わしたことがある」

「まことにござりますか」

御膳所にふらりとあらわれ、公方家慶の好物を尋ねてきた。間の抜けた顔は、納屋役人がその朝仕入れた平目によく似ていた。蔵人介が「お役目上、口外できませぬ」と口を噤《つぐ》むや、平目は口をぱくつかせながら悪態を吐いたのだ。

「『鬼役づれが生意気なことを抜かす。その顔、けっして忘れぬぞ』と脅しあげ、生臭い息を吐きかけおったわ」

あんなやつが忠臣であろうはずはない。

ともあれ、今宵《こよい》、平林はここにやってくるはずだ。いかに役料二千石の重臣といえども、不慮の死を遂げた配下の通夜へ訪れぬわけにはいくまい。世間体もあろうし、ほかの配下へのしめしもつかぬ。それゆえ、かならずやってくるであろう普請奉行の人となりを、蔵人介は今宵こそはきっちり見極めてやろうとおもった。

亀山家は神楽坂の途中、行元寺《ぎょうげんじ》の手前を右に曲がり、道なりに進んださきにある。

細道は薄暗く、弔問客の人影もない。

古びた冠木門に、白張提灯《しらはりぢょうちん》が揺れている。

「あそこですな」

「ふむ」

志乃は先着し、琴を励ましているはずだ。鋭い勘をはたらかせ、死の背後にある黒い影を見定めようとしているのかもしれない。

蔵人介は溜息を吐き、冠木門を潜りぬけた。

琴の顔をみるのが辛い。

茶室ではじめて会ったときは、野面《のづら》に咲く桔梗のごとき凜とした印象であったが、最愛の夫を失った今は色褪《あ》せた枯れ花と化していることだろう。

重い足を引きずり、玄関の三和土《たたき》で履き物を脱いだ。

「あっ、御膳奉行の矢背さまであられますな」

案内役は亀山の死を報《しら》せてくれた伊助という使いだ。

「奥さまのご親族は、お年寄りばかりでして」

細々《こまごま》とした仕度もできぬので、自分が「お殿さま」に言いつけられて昨日から手伝っているのだという。

「お殿さまとは」

「城崎源九郎《じょうさきげんくろう》さまにございます」

亀山が小普請だったころの小普請組世話役で、通っていた町道場の師範代でもあるという。

「お殿さまは面倒見のよいお方ゆえ、初七日が終わるまでこちらに詰めるようにと仰いました。奥さまには感謝していただいておりますが、気丈《きじょう》さを保っておられる奥さまを近くでみるのが辛うございます」

伊助は俯《うつむ》き、洟水《はなみず》を啜る。

すでに焼香を済ませて帰ったらしいが、城崎源九郎という世話役にたいして、蔵人介は心のなかで感謝した。

「剣術道場のご同輩やご近所の方々は、あらかたおみえになりました」

ただし、肝心の普請奉行はまだ訪れていないらしい。

廊下を渡っていくと、奥のほうから抹香《まっこう》臭さが漂ってきた。

さり気ないふうを装い、串部とともに仏間に身を差し入れる。

北向きに寝かされた遺体のそばに、喪服を着た琴と志乃が並んで座っていた。

まるで、母と娘のようでもある。

琴は畳に両手をつき、わずかに肩を震わせた。

「わざわざお越しいただき、かたじけなく存じます」

蔵人介は膝をたたみ、低声《こごえ》でお悔やみのことばを述べた。

「さあ、ご遺体のお顔を」

志乃が膝行《しっこう》し、遺体の顔に掛けられた布を外す。

亀山誠之進は、眠っているかのようだった。

「穏やかなお顔にござりましょう」

「いかにも、さようですな」

「それだけが救いじゃ」

志乃は棘《とげ》のある口調で言い、琴をちらりとみる。

琴は陶器のように白い顔を持ちあげ、色のない唇を一文字に結んでみせた。

辻斬りなんぞに斬られたはずはない。夫の死に何らかの疑いを抱いていなければ、おそらくはみせぬであろう顔だ。

仏壇の置かれた部屋の隅には、琴の親戚らしき年寄りたちが座っている。

想像するに、琴には肉親や兄弟姉妹がおらず、集まったのも平常《ふだん》から疎遠《そえん》なひとたちなのであろう。誠之進の実家である柊家の縁者たちも、混じっているのかどうかさえ定かでない。

御家人から末期養子を貰ったことに、旗本の矜持《きょうじ》にこだわる連中は後ろめたさを抱いているのだろうか。一方、旗本へ養子にやった御家人のほうには遠慮があるのかもしれない。

いずれにしろ、一族の絆が薄いことを穿鑿《せんさく》する気は毛頭ないし、誠之進と琴が親戚から疎遠にされる理由にも興味はない。ただ、琴が頼るべき相手もおらず、孤独の淵へ追いやられるとすれば、同情を禁じ得なかった。志乃も同様に感じているからこそ、琴に寄り添っているのであろう。

蔵人介は遺体の顔を布で隠し、焼香を済ませた。

そこへ、伊助が慌《あわ》てた様子でやってくる。

「平林さまの御用人頭と仰るお方がおみえです」

廊下の向こうから、どたばたと跫音《あしおと》が聞こえてきた。

どうやら、ひとりではない。

蔵人介は焼香台のそばから移動し、琴の脇に控えた。

ひょいと顔を出したのは、鬢《びん》に白いものが混じった五十絡みの侍だ。

すぐ後ろには、頬の痩《こ》けた浅黒い顔の侍を連れている。手槍《てやり》を提げているところから推《お》すと、槍持ちの従者であろうか。

ふたりは廊下に控える串部を一瞥《いちべつ》し、部屋の敷居を踏みこえてきた。

「御奉行の名代《みようだい》でまいった。平林家用人頭の小室陣内《こむろじんない》じゃ。後ろに控えるのは普請下同心の水口錠八《みずぐちじようはち》、この者は亀山誠之進の配下でもあった。亀山は役目に就いて日が浅かったゆえ、ご妻女はわれらのことを存ぜぬであろうが、有り体《あてい》に申せば同じ釜の飯を食った仲間じゃ」

小室は近づいて正座し、殊勝《しゆしよう》な態度でお辞儀をする。

「わざわざお越しいただき、かたじけのう存じます」

琴は能面のような顔で応じた。

後ろの水口も膝をたたんだが、軽くお辞儀をしただけでお悔やみのことばも述べず、慇懃《いんぎん》無礼な態度で遺体に目をくれる。

隙の無い所作から推すと、かなりの遣い手にちがいないと、蔵人介は察した。

「御奉行から、こちらを預かってまいった。どうか、お納めを」

差しだされた香典《こうでん》をみつめ、琴は深々とお辞儀をする。

そして、毅然《きぜん》と言いはなった。

「お香典はいただけませぬ」

「えっ、何故じゃ」

「夫の死の真相が判明いたすまで、どなたからもお香典はいただかぬものと心に定めましてござります」

「莫迦《ばか》を申すな。さようなはなし、聞いたこともないぞ」

小室は殊勝な態度を一変させ、怒りで顔を朱に染める。

「御奉行のお心遣いを受けとれぬなぞ、それが配下の妻としての態度か。それとも何か、名代のわしでは不服と申すか」

「いいえ、御奉行さまがおみえになったとしても、同じことを申しあげます」

普請奉行みずから、夫の死の真相を究明してほしい。それが遺《のこ》された妻の希望なのだということを、蔵人介もこのときにはじめて理解した。

おもっていた以上に、琴は意志の強い女性なのだ。

志乃は頼もしいと感じたのか、眸子を細めている。

小室は顎を突きだし、激しい口調で吐きすてた。

「亀山誠之進は辻斬りに斬られた。それ以上でも以下でもないゆえ、とりたてて調べる必要はない。わしらに無駄なことをさせるな」

「そうじゃ。しかも、おぬしの夫はわしらに恥を掻《か》かせてくれた」

「えっ、それはどういうことにござりましょう」

「わからぬのか。背中を刺されたのじゃぞ。侍として、これほど恥ずかしい死に様はなかろう。御奉行も嘆いておいでだ。香典を出していただいただけでも、ありがたいとおもえ」

小室はがばっと立ちあがるや、上から琴を見下ろし、いちど懐中に引っこめた香典をぽんと抛《ほう》った。

志乃が眦《まなじり》を吊りあげ、身を乗りだそうとする。

すかさず、蔵人介は引き留めた。

小室と水口の目が、同時に注がれる。

「何じゃ、おぬしは」

「御膳奉行の矢背蔵人介と申します」

「鬼役づれが、何故、ここにおるのだ」

「亀山どのと親しくさせていただいた仲ゆえ」

水口がすっと身を寄せ、小室に何やら耳打ちする。

「無駄なこと」

「ほう、おぬし、幕臣随一と評されるほどの剣客らしいな。ここにおる水口錠八も一指《いっし》流の手練、二段突きの水口と恐れられる男よ。ふむ、ふたりを闘わせてみるのも一興《いっきょう》かもしれぬ」

志乃が発した。

「不謹慎であろう。用が済んだら去るがよい」

「何じゃと。おぬし、亀山家の縁者か」

「こたえたくもないわ。早う去《い》ね」

「ぬぐっ……こ、こやつめ。水口、槍を持て」

「はっ」

小室は渡された手槍の穂先を、馴れた仕種《しぐさ》で振りむける。

志乃は動じることもなく、三白眼に睨《にら》みつけた。

殺気が膨《ふく》らんだところへ、琴が割ってはいる。

「志乃さまは、茶の師匠であられます。どうか、お控えを」

「ふん、ようわからぬ連中だな。おぬしらがどう考えようと、亀山誠之進の死について調べるようなことはせぬ。目付筋にもすでに顛末《てんまつ》は上申してあるゆえな。ともあれ一刻も早く、ほとけを葬ってやることじゃ」

小室はくるりと踵《きびす》を返し、水口をしたがえて部屋を去った。

予想できぬことではなかったが、平林大膳大夫は配下の通夜に顔もみせず、用人頭に香典を持たせた。後ろ傷を侍の恥だと嘆いたらしいが、ほんとうかどうかは本人に確かめてみなければなるまい。ついでに、亀山誠之進が殺められた理由も、面と向かって質《ただ》してくれよう。

「あやつめ、槍の穂先を向けおった」

かたわらから、志乃の歯軋《はぎし》りが聞こえてくる。

いたって冷静なのは、琴にほかならなかった。

六

しめやかに葬儀はおこなわれ、初七日も過ぎた。

二度目の野分が去り、空は朝からあっけらかんと晴れている。

蔵人介は四谷御門外から濠端を背にして四谷伝馬町《てんまちょう》を抜け、四谷御簞笥町《おたんすまち》を突っ切って甲州《こうしゅう》街道へ向かった。

串部が四谷塩町の武蔵屋市兵衛から聞きつけてきたはなしでは、四谷伊賀町《いがまち》の

「土一升に金一升」と喩えられる火除地について、房州屋嘉右衛門《よしえもん》の拝借が公儀より正式に認められたという。それほど価値の高い土地ならば、下城のついでに眺めておこうとおもったのだ。

「甲州街道沿いの地所で、そもそもは御先手組《おさきてぐみ》の拝領地だったとか」

先導役の串部が物知り顔で告げてくる。

数年前に火事で焼け、火除地に定められたのだという。かりに町人地であれば一坪一両の値がつく一等地にまちがいなく、広さは四千五百坪にもおよぶので、沽券金高に換算すると四千五百両にはなる。これだけの土地を遊ばせておくのはもったいないと、何人もの商人が以前から狙いをつけていたらしかった。

「房州屋は何とそこに、茄子《なす》を植えるのだとか」

「茄子」

茄子苗六千本を植える畑として借用し、収穫された茄子を無償でお城に献上するとともに、年貢も四両余りを納付する。右の申請内容を各所に賄賂をばらまいて根回しし、最後は普請奉行の平林大膳大夫に認めさせたのだ。

「されど、実態はちがうと、地面屋は申しておりました」

茄子は郊外の畑でつくったものが献上され、年貢もきちんと納付されるだろうが、土地そのものは別の者に又貸しされる。たとえば、植木を大量に保管しておきたい植木屋や布を干す場所に困っている紺屋あたりに貸せば、房州屋は相応の地代収入を得ることができる。

そして、数年後には拝領の申請をし、それが認められれば今度は家作を建てたりすることもできるし、大名や旗本相手に土地取引ができるようになるかもしれない。

「されど、狙いは別にござります」

房州屋はかねてより、幕政に参画できる勘定所《かんじょうしょ》御用達の金看板を手に入れたいと望んでいた。勘定所御用達に推挙されるためには、江戸市中に多くの土地を所有していなければならない。房州屋は武蔵屋市兵衛などの仲介ですでに多くの土地を買い漁っていたが、それでも足りないために、拝借地をあたかも所有地のごとくみせかけようとしているというのだ。

「帳面の改竄か」

蔵人介も武蔵屋市兵衛に告げられたが、同じ幕臣として信じたくもないはなしだった。

「地面屋も証拠を摑んでおるわけではありませぬ。されど、欲に目が眩《くら》んで不正に加担する役人ならば、掃《は》いて捨てるほどおりましょう」

串部の言うとおりかもしれない。

甲州街道まで達すると、房州屋の拝借が決まった火除地はすぐにみつかった。

広大な土地の一部には物干しが何列も立てられ、藍染めの布が風に揺れている。

「こりゃ、驚いたな」

無数の布が野面《のづら》に干された光景は、壮観このうえない。

さらに、火除地の一部には筒袖《つつそで》に股引《ももひき》姿の男たちが踏みこみ、立木をせっせと植えていた。

「あちらは植木屋のようですな。まるで、公儀の許しが下りるのを待ちかまえていたかのようでござる」

植木屋の仕事を眺めているのは、蔵人介と串部だけではなかった。

道端の向こうに、丸髷《まるまげ》の武家女がひとり佇《たたず》んでいる。

年の頃なら三十なかば、窶《やつ》れてはいるが鼻筋の通った美しい横顔の持ち主だ。

蔵人介がそちらへ歩きかけると、武家女の背後に五十絡みの月代《さかやき》侍が気配もなく近づいた。耳許で何かひとこと囁《ささや》くと、女は深々とお辞儀をし、その場から逃げるように去ってしまう。

月代侍だけが道端に残った。

こちらを目敏《めざと》くみつけ、会釈《えしやく》をしてみせる。

串部が首をかしげた。

「どなたでしょうな」

「はて」

本人に尋ねてみたくなり、蔵人介はゆっくり近づいていく。

すると、驚いたことに、先方から親しげに声を掛けてきた。

「御膳奉行の矢背蔵人介どのでござるか」

「いかにも」

「伊助から、矢背どののことを聞いておりました。それがし、小普請組世話役の城崎源九郎にござる」

「ああ、城崎どの」

通夜では入れちがいになり、会うことができなかった。琴も信頼を置く世話役にほかならない。

「一度ご挨拶に伺うつもりでいたので、ちょうどよかった。亀山誠之進のことをお気遣いいただき、申し訳のないことにござる。じつはそれがし、あやつの父親代わりとおもっておりました。誠之進ほどまっすぐな男はおりませなんだ。運よく御家人から旗本の末期養子となったものの、小普請の連中からは仲間はずれにされ、辛い時期も長かったろうとおもいます。それでも、生来の明るさを失わず、剣術道場でも人一倍稽古に励んでおりました。努力が実を結んで、御役を得たことを喜んでおったやさき、とんでもない不幸に見舞われてしまったのでござる」

城崎は経緯を語りながら、涙ぐんでみせる。

蔵人介はうなずきながらも、やんわりと尋ねた。

「火除地を訪ねてこられた理由は、亀山どのと関わりがあるからでしょうか」

「さよう」

「どう関わりがあるのか、よろしければお教え願えませぬか」

城崎は顔を曇らせ、わずかな沈黙ののちに口をひらいた。

「どうしても知りたいと仰るなら、矢背どのがここへ足を運ばれた理由からさきに伺いたい。矢背どのは御母堂さまと琴どのとの縁で、通夜に訪れたのではないのか」

「仰るとおりにござる。されど、亀山どのとも直にことばを交わし、申し合いの約束までしておったもので、亡くなられた経緯について真実を知りたいと望んでおります」

城崎は片眉をぴくりと吊りあげる。

「誠之進の死について、何か疑いでもおありか」

「はい。辻斬りに背中を刺されたなどと、万にひとつもあり得ぬことかと」

「いかにもな。誠之進が辻斬りなんぞに背中を刺されるはずはない。おそらく、顔見知りの仕業であろう」

「やはり、城崎どのもそうおもわれますか」

城崎はうなずき、重い溜息を吐いた。

「誠之進を道場に誘ったのは、このわしだ。あやつの太刀筋《たちすじ》を熟知しておるわしが言うのだ。よもや、外してはおるまい」

「されば、下手人にお心当たりは」

「ある」

「えっ」

「されど、口にはできぬ。何ひとつ証拠《あかし》がないゆえな」

蔵人介は身を乗りだす。

「もしや、証拠を探しておられるのか」

「まあな」

「何か、おわかりになったことは」

「ほかならぬ、この火除地だ。異例の早さで拝借の許しが下りた」

「たしかに」

蔵人介はじっくりうなずき、城崎の本音を導こうとする。

「そもそも、亀山どのは房州屋を辻強盗から救った縁で御普請下奉行の役目を得たと聞きましたが」

「さよう、房州屋には恩があった。無論、辻強盗から救ったとは申せ、それだけで役目を得られるほど世の中は甘くない。ところが、房州屋は誠之進の腕っぷしと人柄がよほど気に入ったのか、出入りしていたさきの御大身《ごたいしん》に推挙《すいきょ》した」

「御普請奉行の平林大膳大夫さまにござりますな」

「ふむ。御普請下奉行に決まったときは、鯛の尾頭付きで祝ったものだ。されど、お役目に就いてほどなくして、誠之進は鬱《ふさ》ぎこむようになった。琴どのが案じて、わしに相談を持ちかけてまいったので、本人に尋ねてみると、房州屋から五十両もの大金を贈られたのだという」

しかも、すぐのち、平林家用人頭の小室陣内から「筆を舐めよ」との命が下された。

「要は、帳面の改竄じゃ。それができねば、役目を失うどころか、旗本身分も剝奪《はくだつ》されかねぬというので、誠之進は悩んでおった」

もっとも、亀山から聞いたのは「筆を舐めよ」と命じられた経緯だけで、それが何を意味するのかは、城崎が勝手に臆測したのだという。

「きちんと相談に乗ろうと考えておったやさき、誠之進は何者かに命を奪われた。上の命を拒んだがために、消されたのではあるまいか。経緯を知る者なら誰であろうと、そのように疑うはずだ」

「それがしも同様の疑いを持っております。されど、血縁でもない者が深入りしてよいものかどうか、迷うところにござる」

「そこじゃ。わしとて血縁ではない」

はなしが途切れたところで、蔵人介は問いを変えた。

「さきほどの女性《によしよう》、どなたですか」

城崎は不意を突かれたような顔をし、乾いた唇《くち》もとを舐めながらこたえる。

「内村与左衛門のご妻女、絹《きぬ》どのだ」

後ろの串部が低く唸った。

内村与左衛門とは、土左衛門となって大川端に浮かんだ元普請下奉行のことだ。

「たしか、亀山どのの前任者ですな」

内村も役目に就く以前は小普請組に在籍していたので、城崎は浅からぬ縁を感じていたのだという。

「内村どのも、この火除地に関わっておられたのですか」

「じつは、誠之進が関わっていたのは別の火除地でな、この火避地に関わったのは内村のほうだ。内村はおそらく、上に命じられて帳面の改竄をやったにちがいない。そのことを後悔し、目付筋に訴えようとして、おそらく、命を奪われたのであろう」

「おそらくとは」

「あくまでも、臆測の域を出ぬということだ。時が経ちすぎておるゆえ、証拠となる帳簿をみつけるのも容易ではあるまい。さきほど、絹どのは言うておられた。『わたしは夫を見殺しにしました』とな」

夫が亡くなったあと、絹は房州屋から過分な見舞金を貰った。しかも、平林大膳大夫から強引に後妻の口を紹介され、申し出を断りきれなかったという。

「隠蔽《いんぺい》のためにやったことかもしれぬ。その疑念が晴れぬゆえ、絹どのもこんなところへ足を向けたのだ。わしは『自分を責めてはならぬ、すべて忘れるのだ』と言うしかなかった。おそらく、慰めにもなるまいがな」

絹のみならず、城崎の苦悩も痛いほどに伝わってくる。

「房州屋がどこまで金をばらまいておるのか、わしとてようわからぬ。下手に突っつけば、突っついた者が窮地に立たされる公算は大きい。口惜しいが、絹どのに言った台詞《せりふ》を、わしもみずからの胸に繰りかえしておる。けっして忘れることはできぬが、すべて忘れるのだとな」

城崎は目を真っ赤にして言い、すっと顔を背《そむ》けた。

これ以上、深入りしてはならぬということなのか。

城崎の漏らした台詞を、蔵人介は忠告と受けとった。

七

数日後。

夕刻、蔵人介は着流しのままで行徳河岸へ足を向けた。

串部には普請奉行の周辺を探らせているので、背にしたがう供はいない。

三度目の野分でもやってくるのか、空は曇り、湿った風が鬢を震わせている。

見上げれば、西陽を浴びた『房州屋』の屋根看板があった。

早めの戸締まりにかかる丁稚《でっち》小僧を呼びとめ、敷居の内へするりと身を捻《ね》じいれる。

「すまぬが、主人の嘉右衛門を呼んでくれ。わしは久世家の作事方《さくじかた》役人で、山田善兵衛と申す。北新堀の拝領地のことではなしがあると伝えよ」

丁稚は目つきの鋭い手代《てだい》に助けを求め、手代がうなずくと奥へ走った。

房州屋が川を挟んで真向かいの土地、すなわち、関宿藩中屋敷のある北新堀の土地を欲しがっていると、武蔵屋市兵衛から耳寄りの情報を仕入れていた。

それを餌にすれば、少なくとも門前払いは免《まぬか》れよう。

あわよくば、じっくり膝詰めで対話できるかもしれぬと期待した。

期待どおり、待たされることもなく、房州屋嘉右衛門が揉み手であらわれた。

からだつきは肥えた猪豚《いのぶた》そのもの、みるからに品の無い面立《おもだ》ちの男だ。

二重顎を震わせ、上がり端に座った蔵人介を品定めするように眺める。

「お作事方のお役人で、ご姓名は何と仰りましたかな」

「山田善兵衛だ」

「はじめてお目に掛かりますな。もしや、佐藤次郎兵衛《さとうじろうべえ》さまの御配下であられましょうか」

適当な名を口に出したものと察し、蔵人介は眉間に皺を寄せる。

「さような者は知らぬ。おぬし、わしをためしておるのか」

房州屋は不敵に微笑み、平手でぴしゃりと額を叩いてみせた。

「これは一本取られましたな。ささ、どうぞおあがりくださいまし。奥で一献《いっこん》差しあげましょう」

「最初から、そう言え」

蔵人介は刀を鞘ごと抜き、履き物を脱いだ。

胸を張って廊下を進むと、中庭のみえる客間へ招かれる。

上座で扇子を揺らしていると、酒肴《しゅこう》の膳が運ばれてきた。

房州屋はみずから膝行し、酌をしようとする。

注がれた上等な酒を、蔵人介はひと息に呷《あお》った。

「美味《おい》しゅうございましょう。蔵元がわかりますかな」

「近頃はあまり口にせぬ。池田満願寺《いけだまんがんじ》の諸白《もろはく》であろう」

「お見事。よくぞおわかりに」

房州屋は満面に笑みを浮かべ、抜け目なくもう一杯注ごうとする。

「山田さま、それで、今日はどのようなご用件にござりましょう」

「内々のすりあわせじゃ。御家老直々のお考えでな、北新堀の中屋敷について、おぬしに一部を譲ってもよいと仰っておる」

「ほほう、お売りになりたいご意向がおありと仰る」

「さよう、本音を言えば金が欲しいのだ。わが藩の御蔵も他藩の例に漏れず、火の車でな」

「痩せても枯れても、それがしは久世さまの御用達、御家の事情はよく存じておりますよ。中屋敷の一部をお売りいただけるのであれば、この行徳河岸と向かいあった場所がよろしゅうございますな」

「贅沢《ぜいたく》を申すな」

「いえいえ、荷船を導く桟橋《さんばし》を使えぬことには意味がありませぬ」

蔵人介は、わざと渋い顔をつくる。

「広さは」

「広ければ広いほどようございますが、最低でも一千坪はいただけまいかと」

「代替地はあるのか」

「いくらでもございます。御旗本の遊ばせている土地を十坪ほどお借りし、そちらの御旗本の御名義で切坪相対替を申請いたせばよろしいかと。十坪の対価を除いた残りは、言い値でお支払いいたしましょう」

「大きく出たな。おぬし、それほど地べたが欲しいのか」

「二束三文の地べたでは、はなしになりませぬ。土一升に金一升と喩えられる地べたならば、金に糸目は付けませぬ」

「それほどまでして、幕府の御用達になりたいのか」

「はい、それが手前の夢にございますれば」

「ふうん、夢か」

蔵人介は箸を取り、酒肴をいくつか摘んで食べる。

房州屋はぽかんと口を開け、美しい所作にしばし見惚れていたが、首を横に振って我に返った。

「手前が幕府御用達になれば、関宿藩のみなさまにもけっして損はさせませぬ。何せ、水野さまのもとで何十万両もの公金を運用できるわけですからな」

「運用を許されるかどうかは、施策の善《よ》し悪《あ》しに関わってこよう」

「いいえ、御用達になってしまえばこちらのものです。やりようなんぞは、いくらでもござります」

「ふうん、たいした自信だな」

「自信がなければ、商売を大きくはできませぬ」

欲に駆られた男の態度は横柄《おうへい》そのもので、つきあっていると苛立《いらだ》ちが募るだけだ。

それでも、蔵人介は粘り強くはなしを合わせ、相手の気持ちが解《ほぐ》れてきたところで本題を投げかけた。

「拝領地を交換するだけなら、別段、案ずることはない。されど、ついせんだって、おぬしの善からぬ噂を小耳に挟んだ。懸念《けねん》があるとすれば、それであろうな」

「善からぬ噂とは、どのような」

怪訝《けげん》な顔の房州屋を、ぎろりと睨みつけてやる。

「役人殺しだ」

「えっ」

狼狽《うろた》えた相手の表情を、蔵人介は見逃さない。

ここぞとばかりに、たたみかけた。

「幕府の御普請下奉行が、たてつづけにふたりも亡くなった。いずれも殺しだという。表向きは辻斬りの仕業になっておるが、じつは土地取引の不正絡みで葬られたのではないかと囁く者もある。しかも、おぬしが陰で糸を引いているのではないかと、耳を疑うような噂も聞いた。火のない所に煙は立たぬとも言うしな」

房州屋は蒼白《そうはく》になり、声をわずかに震わせた。

「その噂、出所はおわかりになりましょうか」

「出所を聞いてどうする。そやつも始末するのか」

「……ま、まさか」

「ぬはは、戯《ざ》れ言《ごと》じゃ。真《ま》に受けるな。今のところ、善からぬ噂は御家老の耳に入れておらぬ」

房州屋は膝を乗りだしてくる。

「山田さま次第ということでございますか」

「まあ、そうなろうな」

「かしこまりました。少々、お待ちを」

房州屋は酒を注ぎ、そそくさと部屋から出ていった。

「薬が効いたようだな」

蔵人介はひとりごち、冷めた酒をくっと呷る。

戻ってきた房州屋は、小脇に三方《さんぼう》を抱えていた。

「とりあえず、こちらをお納めくださいまし」

三方には山吹《やまぶき》色の小判が十枚ほど載せてある。

蔵人介は盃《さかずき》を置き、下から相手を睨めあげた。

「口止め料か」

「何とでもお考えください」

「遠慮なく頂戴しておこう」

小判を無造作に摑み、袖の奥へ突っこんだ。

そして、おもむろに立ちあがり、粘っこい眼差しを背に受けながら部屋を出る。

丁稚小僧は見送りもせずに俯いた。目つきの鋭い手代のすがたはない。おおかた、何処《どこ》かへ使いに出されたのだろう。

「外はすでに夕まぐれ、逢魔刻《おうまがどき》にござります。お帰りの道中、くれぐれもお気をつけくださいまし」

意味深長な房州屋の台詞を聞きながし、蔵人介は夕暮れの河岸に踏みだしていった。

八

夕暮れの河岸には、荷船が行き交っている。

蔵人介は崩橋《くずれ》を渡り、水量の多い日本橋川を右手にみながら箱崎へ向かう。

しばらく歩くと右手に湊《みなと》橋が架かっており、橋を渡れば霊岸島《れいがん》へ行きつく。橋を渡らずにさきへ進めば、北新堀《きたしんぼり》河岸の蔵地がつづき、御船手《おふなて》番所のさきには永代橋《えいたい》が延びている。

北新堀河岸の蔵地をのんびり歩き、蔵人介は途中から裏道へ踏みこんだ。

わざと物淋しい裏道を選んだのは、崩橋を渡ったあたりで尋常ならざる気配を感じたからだ。

狙いどおり、房州屋は挑発に乗った。

手代を使いに走らせ、刺客を差しむけたにちがいない。

あらかじめ、こうした事態に対応する用意をととのえているのだ。

「周到《しゅうとう》なやつだ」

こちらの素姓を探り、消しにかかってきたら、返り討ちにして刺客の正体を見極めてやればよい。

蔵人介は背中を丸め、足早に歩きはじめた。

すると、蔵と蔵に挟《はさ》まれた細道の正面に、四つの人影が立ちはだかる。

立ち止まって振りむけば、後ろからも三つの人影が近づいてきた。

「挟み撃ちか」

七人のうちの六人は、無精髭《ぶしょうひげ》のむさ苦しい顔を晒している。

薄暗がりでも、金で雇われた食いつめ浪人だとわかった。

ひとりだけ頭巾をかぶった男が、大きく踏みだしてくる。

「おぬし、何者だ」

十間《けん》ほど離れて足を止め、くぐもった声で問うてきた。

「久世家の家臣ではあるまい。あっ、おぬし、鬼役か」

「ようわかったな」

相手が誰なのか、蔵人介も察しがついた。

頭巾侍の指図で、野良犬どもが迫ってくる。

「鬼役め、何故、房州屋を脅したのだ」

「脅しはせぬ。向こうが勝手に、口止め料を寄こしたのだ。ほれ」

蔵人介は懐中から小判を差しだし、後ろの浪人どもに抛ってやった。

浪人どもは目の色を変え、地べたに散らばった小判を拾いあつめる。

「死にたくなければ、その金を持って去れ」

蔵人介の迫力に気圧《けお》され、後ろの三人は尻をみせて居なくなった。

「ちっ」

頭巾侍は舌打ちし、残った三人に指示を繰りだす。

「あやつを斬れば、倍の十両出す。早い者勝ちだぞ」

それを聞いた痩せ浪人のひとりが、ずらりと刀を抜いた。

青眼《せいがん》に構えるや、真正面から突っこんでくる。

「死ね」

蔵人介の腰にあるのは粟田口国吉《あわたぐちくによし》、二尺五寸の本身《ほんみ》を抜けば冴《さ》えた地金《じがね》に互《ぐ》の目《め》丁字《ちょうじ》の刃文《はもん》が浮かびたつ。

――きゅいん。

抜刀一閃、浪人の刀は高々と弾かれた。

咄嗟《とっさ》に脇差を抜いた浪人の胸元に、国吉の柄頭が叩きこまれる。

「げほっ」

浪人が膝を屈するや、残るふたりは後退《あとじさ》りしはじめた。

「逃げるでない」

頭巾侍が袖をひるがえし、ひとりの胸を刺突する。

「ぎゃっ」

断末魔とともに、屍骸《むくろ》がひとつ転がった。
もうひとりは逃げ道を失い、蔵人介に斬りかかってくる。
「ふん」
国吉の通称は「鳴狐《なきぎつね》」という。
鞘に納めたばかりの鳴狐が、悲しげな刃音を響かせた。
――ひゅん。
浪人は脾腹《ひばら》を裂かれ、一瞬でこときれた。
「運のないやつ」
蔵人介は血振りを済ませ、見事な手並みで納刀する。
頭巾侍は微動だにせず、三尺に近い本身を抜きはなった。
「さすが、幕臣随一と評されるだけはあるな」
冷静に言いはなつや、頭巾をはぐり取る。
普請下同心、水口錠八であった。
二段突きの異名を取る一指流の手練だ。
刀を納める気配も、逃げる素振りもみせない。
よほど自分の力量に自信を持っているのだろう。

「鬼役よ、おぬし、何が知りたい」

「亀山誠之進が死んだ理由だ」

「誰ぞの命で調べておるのか」

「いいや」

「おぬしの一存だと。わからぬな、何故、死んだ小役人に義理立てせねばならぬ」

「欲得ずくで動く者にはわからぬ」

「いいや、わかったぞ」

水口は野卑《やひ》な笑みを浮かべた。

「あの色っぽい後家《ごけ》に気があるのだろう。善人ぶって恩を売り、褥《しとね》に誘うつもりだな」

「それは、おぬしの願望ではないのか」

「くふふ、所詮、男とはそうしたものさ」

蔵人介は表情も変えず、静かな口調で告げる。

「ほかに喋りたいことがあれば聞いておこう。あの世で成仏したければ、亀山誠之進を陥《おとしい》れた者の名を吐くんだな」

「ふん、あやつは新参者のくせに、上の命に背《そむ》いた。房州屋から受けた恩を仇《あだ》で返したゆえ、命を縮めたのだ」

「殺ったのは、おぬしか」

「さあな」

「理不尽な命を下したのは、普請奉行の平林大膳大夫であろう」

「ふふ、教えぬさ。死にゆく者に教えても意味はないからな」

「わかった。言わぬと申すなら、敢《あ》えて聞かぬ」

「おぬしの強さはわかった。されど、わしは食いつめた野良犬どもとはちがうぞ」

水口は刀を右八相《はっそう》に持ちあげ、とんと地を蹴った。

低い姿勢から伸びあがり、鬼の形相《ぎょうそう》で迫ってくる。

「ぬりゃ……っ」

白刃《はくじん》の先端が、角のように伸びてきた。

蔵人介は動かず、抜きもしない。

「もらった」

水口の一刀が鼻面を舐める。

──ひゅん。

刹那《せつな》、鳴狐が閃《ひらめ》いた。

「ぬげっ」

水口の両膝が、すとんと落ちる。

すでに、首は無い。

一間《いっけん》余りも飛ばされ、側溝へ転がっていった。

蔵人介は樋《ひ》に溜まった血を振り、静かに納刀する。

「こやつではないな」

十間さきまで殺気を放つ男に、亀山誠之進が背中を向けるはずはない。

水口錠八でないとすれば、殺ったのはいったい誰なのか。

蔵人介は思案しながら、血腥《なまぐさ》い裏道から逃れていった。

九

三度目の野分が去った。

十五日の放生会《ほうじょうえ》には、いつも本所《ほんじょ》の万年《まんねん》橋で亀を求め、大川の汀《みぎわ》から放してやる。それは矢背家の年中行事でもあったが、志乃と幸恵はついに仕舞いまですがたをみせなかった。

汀に佇むのは養子の卯三郎《うさぶろう》と串部だけ、男三人の放生会である。

串部は川面をよたよた泳ぐ亀をみつめ、しきりに溜息を吐いた。

「亀山誠之進さまの無念は、同じ亀だけに、あの亀に託すしかありませぬな」

仇討《かたき》ちをあきらめたような口振りで戯れてみせる。普請奉行の周囲をあれこれ探らせていただけに、残念がる串部の気持ちもわからぬではない。

水口錠八を斬ってから、下手人捜しの端緒《たんしょ》を失っていた。

というより、ここからさきへ踏みこむべきかどうか迷っている。

もちろん、黒幕は普請奉行の平林大膳大夫にちがいなかろうし、阿漕《あこぎ》な房州屋嘉右衛門が関わっているのはわかっている。だが、確乎《かっこ》とした殺しの証拠《あかし》はなく、裏に隠された大筋が判明したとしても、蔵人介が関わるべき領分を超えているような気がしてならなかった。

——奸臣《かんしん》の悪事不正を一刀のもとに断つべし。

亡くなった養父からは、毒味以外にも厄介《やっかい》な役目を引き継がされた。

志乃や幸恵にも告げられぬ暗殺御用の密命を果たすとき、蔵人介は無の境地で冷徹な一刀を繰りだす。

鬼役に密命を与える役目は、長らく御小姓組番頭の橘《たちばな》右近《うこん》が担ってきた。が、橘はもうこの世にいない。密命を下す権限は、桜田《さくらだ》御用屋敷を差配する如心尼《じょしんに》の手に移った。公方家慶の信頼も厚い元大奥老女にたいし、蔵人介は今ひとつ信を置いていない。成敗《せいばい》すべき相手を誤ったときは遠慮無く意見するし、我を通して理不尽な命を下すようなら密命を受けぬと決めている。

水口錠八を斬ったのは、如心尼の密命を受けたからではない。本来であれば深入りを避けるところだが、亀山誠之進の無念を晴らしたいという一念に衝《つ》き動かされた。言ってみれば私情に流されたにすぎず、以前の蔵人介であれば放っておいたかもしれなかった。

――みずからの判断で奸臣に引導《いんどう》を渡してはならぬ。

これもまた、先代から教えこまれた戒めにほかならない。

人ひとり斬れば、それだけ業《ごう》を背負わねばならなくなる。ただし、役目ならばまだあきらめもつく。先代は蔵人介が業の重みに耐えきれなくなることを恐れたのだ。

役目から逸脱した人斬りは、もはや、ただの人斬りでしかない。それゆえ、慎重にならねばならぬ。土地絡みの不正をおこなう悪党どもに鉄槌《てっつい》を下すべきか否《いな》か、おのれの手で亀山の仇を討つべきか否か、蔵人介は容易に決断できなかった。

放生会から家に戻ると、幸恵が仏間で待ちかまえていた。

仏壇の横にきちんと正座し、懐中から文を取りだす。

「お義母《かあ》さまからの御伝言にござります。まずは、この文をお読みください」

差しだされた文は、亀山誠之進から妻の琴に宛てたものだった。

蔵人介は面食らいながらも、妻に感謝の気持ちを伝えたい誠之進に「文を書け」とすすめたことをおもいだした。

――琴どの、貴女がいつも与えてくれた真心を、あたりまえのように受け止めておりました。どうにもならぬ窮地に陥ったときにはじめて、そばに居てくれる貴女の大切さに気づいたのです。城崎さまに呼ばれて、今から稲荷堀まで出掛けます。このような嵐の夜にとおもわれましょうが、お役目のうえでだいじなことをご相談申しあげていたのです。それが何かは、事が落ちついたらかならず、おはなしいたします。城崎さまのことゆえ、嵐のただなかでもお役目の厳しさを滔々《とうとう》と説かれることでしょう。終わったらすぐに戻り、文のつづきを綴りたいとおもいます。琴どの、ありがとう。せっかく御役に就いたことだし、明日からは今までのぶんを取りもどすべく、一所懸命にがんばりたいとおもいます。されば、今はここまで。貴女と出会えた強運を神仏に感謝しつつ。

誠之進より

無骨な筆跡だが、一字一字に魂が籠もっている。

なぜか、目頭が熱くなった。

「琴どのが、簞笥の抽斗《ひきだし》の奥からみつけたそうです」

桔梗を象《かたど》った銀の簪《かんざし》とともに、文は置かれていたという。

蔵人介は我に返り、もう一度文を読みなおす。

誠之進は嵐の晩、城崎源九郎に呼びつけられた。そのことを琴に報《しら》せずに家を出て、二度と戻ってこなかった。

なるほど、城崎ならば、誠之進も背中をみせた公算は大きい。

調べてみれば、すぐにわかることだ。恩人気取りで近づいてきた城崎源九郎は、おそらく、金に転んだにちがいない。平林大膳大夫や房州屋の意向を汲《く》み、自分を慕っていた後輩を卑劣《ひれつ》にも後ろから刺したのである。

はからずも、最愛の妻に宛《あ》てた文が凶行の経緯を暗示していた。

凶行におよんだ者の正体がわかれば、琴や志乃の取る行動はひとつしかない。

「お義母さまは泣きながら、文をお読みになりました。仇を討ちたいと願う琴どのの並々ならぬご決意をお聞きになり、助太刀を申し出たのでございます」

蔵人介は首を捻り、右上の長押《なげし》をみた。

家宝の薙刀《なぎなた》、「鬼斬り国綱《くにつな》」がなくなっている。

「琴どのは城崎源九郎に向けて、果たし状をしたためました。刻限は暮れ六つ、場所は四谷伊賀町の火除地にございます」

蔵人介が立ちあがると、幸恵は涙目で釘を刺した。

「蔵人介さまの助っ人は無用と、お義母さまは仰いました。刻限と場所をお伝えしたのは、わたくしの一存にございます」

「すまぬな。おぬしにも苦労をかける」

仏間から出ると、串部が廊下に控えていた。

柄の長い鳴狐を袖で包み、差しだしてくる。

「暮れ六つまではあと四半刻《しはんとき》(三十分)、必死に走れば間に合うかもしれませぬ」

「ふむ、されればまいろう」

蔵人介は腰に鳴狐を差し、廊下を滑るように駆けぬけた。

十

四谷伊賀町。

暮れ六つの鐘の音を聞きながら、蔵人介は汗みずくで火除地に駆けつけた。

藍色の布が強風にはためいている。

布を掻き分けるように進むと、薄《すすき》の靡《なび》く野面に白装束のふたりが立っていた。

小太刀を握った琴と、薙刀を小脇に挟んだ志乃である。

「間に合ったか」

ふたりと十間余り離れた風下には、袖を靡かせた城崎源九郎が佇んでいた。

こちらは額に鎖鉢巻きを締め、柿色の襷《たすき》掛けをしている。

疋田陰流の剣客らしく、威風堂々《いふうどうどう》とした物腰だ。

蔵人介と串部のすがたをみても、微動だにしない。

「蔵人介どの、手出しは無用じゃ」

志乃が凜然《りんぜん》と発した。

琴は口を真一文字に結び、夫の仇を睨みつけている。

城崎はおそらく、亀山殺しを認めたのであろう。

双方のあいだには緊迫した空気が流れ、おいそれとは踏みこめぬほどの激しい気のぶつかり合いが生じていた。

「大奥さまをご信じなされ」

串部に囁かれずとも、手助けするつもりはない。

眼前で繰りひろげられつつあるのは男女の闘いではなく、剣の道を極めた者同士の尋常な勝負なのだ。

志乃はかつて、雄藩《ゆうはん》の奥向きで薙刀や弓を教えていた。

薙刀を取らせれば海内一《かいだいいち》と評され、公の場で幾度か披露された演武は名のある剣客たちをも唸らせた。

もちろん、志乃の勝利を信じている。

だが、相手の城崎も一流の剣術道場で師範代までつとめた剣客だ。

容易には倒せぬであろうし、太刀筋がわからぬだけに不安は募る。

「おなごとて、容赦はせぬ」

城崎は吼《ほ》え、刀を抜きはなった。

翳《かげ》りゆく野面を舐めるように、旋風《つむじかぜ》が走りぬける。

突如、風向きが変わり、琴と志乃は風下に立たされた。

しかも、踏んばりも利かぬほどの逆風に晒《さら》され、一歩たりとも前へ進むことができない。

「まいるぞ」

城崎は地を蹴るや、風と一体になって駆けよせた。

右八相に立てた刀身が鈍い光を放つ。

「殿、助っ人を」

焦って動こうとする串部を、蔵人介が阻んだ。

今さら遅い。もはや、神仏に祈るしかないのだ。

「誠之進のもとへ逝《い》くがよい、なりやっ……」

城崎は撃尺《げきしやく》の間合いを破り、一歩長に斬りつける。

横雷刀《よこらいとう》からの順勢《じゆんせい》、山陰《やまかげ》斬りと呼ばれる袈裟《けさ》懸《が》けだ。

狙われた琴は石像のごとく固まり、一歩も動けない。

無理もなかろう。武道の心得が多少はあるにしても、生死の間境《まざかい》に身を置いたことはなかった。

「逝けっ」

呆気《あっけ》なく、琴は斬られた。

と、おもった刹那、横合いから国綱の刃が伸び、城崎の一刀を弾いてみせる。

「甘いわ」

志乃は叫び、頭上で国綱を旋回させるや、堅固《けんご》な柄のほうで打擲《ちょうちゃく》に転じた。

――ぶん。

城崎は身を沈め、頭上すれすれで躱《かわ》す。

かとおもえば、蛙飛びに跳躍し、抜き突けの一撃を見舞ってきた。

抜き突けとは、捨て身の刺突と恐れられる他流派、香取神道流《かとりしんとう》の奥義《おうぎ》だ。

志乃は躱しきれず、左の肩口を浅く裂かれた。

「うっ」

蔵人介は身を乗りだす。

志乃は片膝を折敷《おりし》き、薙刀を支えにして立ちあがった。

「そのお年で、よくぞ闘われた」

城崎は五間ほど退《さ》がり、余裕の台詞を口にする。

「されど、ここまでだ。つぎの一刀で死んでもらう」

志乃は黙然《もくねん》と睨みつけ、琴は金縛りにでもあったように動けぬままだ。

城崎はわずかに身を沈め、頭の位置を変えずに間合いを詰めてきた。棒立ちの志乃に対峙し、両腕をゆっくり持ちあげるや、大上段に構えてみせる。

――振りおろすときは巨岩のごとし。

と、伝書にも記された上段討ちである。

志乃の頭蓋がふたつにされる凄惨《せいさん》な光景を脳裏に浮かべ、蔵人介は眸子を瞑《つむ》りたくなった。

「はう……っ」

気合一声、城崎が上段の一撃を繰りだす。

志乃は国綱を頭上に翳《かざ》し、柄で受けようとした。

が、城崎の重い一撃は、堅固な柄を叩っ斬る。

――ばすっ。

国綱は幅広の刃を失った。

志乃にとっての幸運は、柄を断った刃筋が顔面から逸れたことだ。

つぎの瞬間、城崎は不思議な光景を眸子に留めた。

間近に近づいた志乃の顔が、にやりと笑ったのだ。

おそらく、死に神の微笑みにも感じたことだろう。

国綱の柄には、八寸の仕込み刃が隠されていた。

志乃は折れた柄を素早く逆手《さかて》に持ちかえ、城崎の右小手を見事な手捌《さば》きで斬りおとしたのである。

「ふぇええ」

激痛が悲鳴となって轟《とどろ》いた。

「琴どの、とどめじゃ」

志乃の叫びで我に返った琴が小太刀を両手で握り、頭から城崎めがけて突っこんでいく。

「ぐわっ」

左胸に突きたった白刃は肋骨《あばらぼね》の狭間を貫き、心《しん》ノ臓《ぞう》を串刺しにした。

城崎はこときれ、海老《えび》反《ぞ》りに倒れていく。

「お見事、大奥さま。お見事でござる」

串部が興奮の面持ちで叫び、脱兎《だっと》のごとく駆けだす。

蔵人介も駆けより、志乃に賞賛のことばをおくった。

「褒めるでない。そもそも、負けるはずがなかろう」

「いかにも」

その場にへたり込む琴を、串部が助けおこした。

志乃はじっくりうなずき、折れた柄を蔵人介に寄こす。

「琴どのはようやった。誠之進どのも喜んでおられよう」

「……か、かたじけのうござりました」

「ひとまずは拙宅《せったく》へ。熱い風呂にでも浸かるがよい」

歩くこともままならぬ琴を、串部が軽々と背負った。

蔵人介は国綱の刃を拾い、志乃と肩を並べて歩きだす。

「養母上《ははうえ》、仕込み刃とは驚きましたな」

「おぬしの長柄刀《ながつかとう》をまねたのじゃ」

「鳴狐の仕込み刃をご存じであったと」

迂闊《うかつ》な問いに、志乃は怒ったふりをする。

「知らぬはずがなかろう。わたくしを誰と心得る」

「はっ、おみそれいたしました」

草叢のなかをしばらく進み、志乃は立ち止まった。

「それで、おぬしはどうする」

「どうするとは」

「惚《とぼ》けるでない」

城崎源九郎から悪事の大筋を聞いたらしい。

「本物の悪党どもは、のうのうと生きておろうが」

「それがしに、どうせよと」

「ふん、冷たい男よの」

「いかに、幕政を揺るがす奸臣といえども、一介《いっかい》の鬼役ごときが裁いてよいものでしょうか」

「迷うておるのか」

「……い、いえ、そのようなことは」

「みずからの判断で裁けぬと申すなら、わたくしが今ここで密命を与えてつかわそう。矢背家の名において、悪辣非道《あくらつひどう》の輩を成敗せよ」

ずんと、胸に響いた。

志乃の声は、天の声であろうか。

それでも、蔵人介は憮然《ぶぜん》と応じるしかない。

「今のおことば、聞かなかったことにいたしましょう」

一瞬だけ風は止み、野面は水を打ったような静寂に包まれた。

十一

城崎源九郎の告白によって、悪党どもの罪はあきらかとなった。

普請奉行の平林大膳大夫と房州屋嘉右衛門は蜜月の仲で、平林の意向を汲んだ用人頭小室陣内の命により、まずは前任者の内村与左衛門が火除地に関わる帳面の改竄をおこなった。内村は改竄を恥じて目付筋に出頭しようとしたことで命を縮めたが、その際に刺客となったのは普請下同心の水口錠八であったという。

「早急に内村の代わりを捜さねばならなくなった小室は、小普請組世話役の城崎を頼ったというわけですな」

志乃に聞いたはなしを反芻《はんすう》しながら、串部はしきりにうなずいている。

「そこへ、偶さか浮上したのが亀山誠之進さまだった」

市中で辻強盗に襲われた房州屋を救ってしまったのだ。親密な間柄でもあり、城崎は一も二もなく誠之進を普請下奉行に推挙した。

「亀山さまはめでたく御役を得たものの、不正に加担することをよしとしなかった」

不正の漏洩《ろうえい》を恐れた悪党どもは、亀山誠之進を消すことに決めた。けっして失敗《しくじ》ってはならぬので、城崎を使うことにしたのである。

「城崎の妻女は長いあいだ労咳《ろうがい》で苦しんでおり、高価な薬代を払うのに借金までしていたそうです」

迷ったすえの決断であったが、城崎は房州屋から目の前に大金を積まれ、刺客を引きうけた。そうした経緯を知ったところで、城崎源九郎に同情の余地はないが、引導を渡さねばならぬのは、まちがいなく刺客を命じた連中のほうだ。

――矢背家の名において、悪辣非道の輩を成敗せよ。

志乃には「聞かなかったことにいたしましょう」と応じたが、きっぱりと命じられたことで、迷いは何処かへ消し飛んだ。

やらねばならぬというおもいから、蔵人介は久方ぶりに鑿《のみ》と鎚《つち》を手に取った。

以前はひとをひとり斬るたびに、経を念誦《ねんじゅ》しながら面を打った。鑿の一打一打に慚愧《ざんき》の念を籠め、悔恨《かいこん》の気持ちを投影させるかのように、木曾檜《きそひのき》の表面を彫りつづけたのだ。

能面よりも狂言面《きょうげんめん》を好み、狂言面のなかでも人よりは鬼、神仏よりは鬼畜、鳥獣狐狸《ちょうじゅうこり》のたぐいを好んだ。面はおのが分身、心に潜む悪鬼《あっき》の乗りうつった憑代《よりしろ》である。面打ちは殺めたものたちへの追悼供養であり、蔵人介にとっては罪業《ざいごう》を浄化して心の静謐《せいひつ》をとりもどす儀式にほかならなかった。

できあがったのは、武悪《ぶあく》の面である。

眦《まなじり》の垂れた大きな眸子《まなこ》に食いしばった口、魁偉《かいい》にして滑稽味のある面構えは閻《えん》魔《ま》顔を象《かたど》ったものとも言われていた。

空にあるのは十六夜《いざよい》の月、迷いながら昇る月は蔵人介の心証と重なりあう。

串部をともない、浜町堀《はまちょうぼり》沿いの高砂町《たかさごちょう》までやってきた。

見上げる二階建ての料理茶屋は『飛雲閣《ひうんかく》』といい、幕府御用達に内定した房州屋の祝いも兼ねて、悪党どもが宴を張っているはずだった。

耳を澄ませば、貸切の二階座敷から芸者たちの嬌声や笑い声が漏れ聞こえてくる。

串部のほかにもうひとり、卯三郎も連れてきた。

事情《わけ》あって矢背家の養子となった卯三郎は、斎藤弥九郎《さいとうやくろう》が館長をつとめる練兵館《れんぺいかん》の師範代でもある。蔵人介には鐡太郎《てつたろう》という実子があるものの、剣術の力量不足という理由から嗣子にできなかった。今は大坂でひとりだちし、蘭方医《らんぽうい》になるべく修業を重ねている。一方、嗣子と定めた卯三郎は毒味御用とともに隠密御用も引き継がねばならず、それゆえ、鍛錬の一つとして修羅場《しゅらば》に連れてきたのである。

「房州屋の雇った用心棒が三人おります」

串部がてきぱきと段取りを説きはじめた。

「そやつらの始末は、卯三郎どのにお任せしましょう。ん、どうなされた、顔色がお悪いようだが」

「その三人、峰打ちでもよいですか」

卯三郎のことばに串部は応じかね、蔵人介に助け船を求める。

「おぬしに託す。ただし、死ぬ気で掛からねば、不覚を取るぞ」

「はい、承知しておりまする」

緊張を隠せぬ卯三郎にたいし、串部が竹筒を差しだす。

「これでも、お呑みなされ」

竹筒には般若湯《はんにゃとう》が入れてあり、卯三郎はひと口だけ呑んで気持ちを落ち着けた。

「それがしが三人を引きつけましょう」

串部は戻された竹筒をかたむけ、残りをぐびぐび呑んだ。

「ぷはあ。されば、行ってまいります」

千鳥足《ちどりあし》を装って料理茶屋の表口を開け、敷居の向こうに消えていく。

しばらくすると、串部は血相を変え、表口から勢いよく飛びだしてきた。

敷居に躓《つまず》いて転んだところへ、後ろから風体《ふうてい》の怪しい三人組があらわれる。

二階座敷の賑わいは、さきほどと何ら変わらない。

串部は上の連中に気づかれずに、まんまと三人を誘いだした。

「ひい、勘弁してくれ」

頭を抱えて蹲《うずくま》る串部の身を、三人はおもしろがって蹴りはじめる。

串部は必死を装って起きあがり、人気《ひとけ》のない堀川端のほうまで逃れた。

「養父上《ちちうえ》、されば」

「ふむ」

卯三郎は面や頭巾で顔も隠さず、風となって堀川端へ向かう。

蔵人介も首尾を見届けようと、後ろから足早に追いかけた。

卯三郎の修めた神道無念流《しんとうむねんりゅう》は、接近戦において威力を発揮する。

串部を追いこんだ三人は、背後に近づく人の気配に気づいていない。

「ん、何やつ」

ようやく振りむいたひとりが、腰の刀を抜きかけた。

にもかかわらず、声もあげられずに倒れてしまう。

卯三郎が素早く柄頭を突きあげ、胸に叩きこんだのだ。

ほかのふたりは後方へ飛び退《の》き、本身を抜きはなった。
なかなかに鮮やかな身のこなしだ。
暗がりに光る二本の白刃は、何人かの血を吸っていよう。
卯三郎も刀を抜いた。
斎藤弥九郎から十人抜きの褒美に貰った秦光代《はたみつしろ》である。
三尺三寸の刀身が月光を受け、妖《あや》しげに閃いた。
「くりゃっ……」
相手の中段突きを横三寸の動きで躱《かわ》し、卯三郎はひとり目の真横を擦《す》り抜ける。
そして、ひらりと反転するや、刀身を峰に返し、首筋を叩いてみせた。
「きょっ」
さらに、残るひとりの上段斬りを左十字に受けながし、斜め後ろに身を捌《さば》きつつ、
こちらは額を打ちぬいた。
「のげっ」
白目を剝いた浪人の瞳に、卯三郎の顔は映っていない。
おそらく、二度とおもいだすこともあるまい。
見事な太刀筋で昏倒《こんとう》させた三人の始末は卯三郎に託し、串部が尻《しり》っ端《ぱし》折《よ》りの恰好《かっこう》

で戻ってきた。

「ふふ、卯三郎どのもやりますな。つぎは、それがしの出番にござる」

懐中から潮吹きの面を出し、顔に付けて踊りだす。

幇間《ほうかん》にしては図体が大きすぎるものの、鮹《たこ》のようにくねくねと踊る様子はさまになっていた。

「大奥さまに踊りを習ってまいりました。座が盛りあがったところで、殿にご登場願えればと」

「わかった」

「では、のちほど」

串部は面を付けたまま、盗人のように駆けていく。

しばらくすると、二階座敷から一段と大きな笑い声が響いてきた。

どうやら、鮹踊りが客に受けたようだ。

蔵人介は武悪面を付け、おもむろに歩きはじめた。

「おもえばこの世は常の住み家にあらず、草葉におく白露、水に宿る月よりなおあやし……」

口を衝《つ》いて出てきたのは、幸若舞《こうわかまい》の演目にある『敦盛《あつもり》』の一節であろうか。

「……人間五十年、化天《げてん》のうちを比ぶれば、夢幻の如くなり」

悪党どもを死出《しで》の旅へ導くのに、ふさわしい舞いのようにおもう。

敷居の内へ一歩踏みこめば、いっさいの迷いは消えてなくなる。

喜怒哀楽の感情も消え、ただ黙然と裁きを下す鬼と化すのみ。

祈りのごとき謡《うた》いはきれぎれになり、やがて、板戸の向こうへ消えていった。

十二

大階段を上り、幅の広い廊下を渡った。

串部の剽軽《ひょうきん》な踊りは好評のようで、座敷からは笑い声が絶えない。

ふんぞりかえった客たちはもちろん、置屋から呼ばれた芸者らも、惨劇の修羅場が待っていることなど想像もできまい。

串部は手仕舞いの芸を披露し、黒子《くろこ》のように脇へ退いていく。

「人間五十年……」

蔵人介は唐突に唸り、座敷の下座へ滑るように進みでた。

突如としてあらわれた武悪に、一同は仰天してことばを失う。

しんと静まりかえった座敷に、妖しげな謡いが殷々《いんいん》と響いた。

「……化天のうちを比ぶれば、夢幻の如くなり……」

まるで、地獄の淵へ誘うがごとき謡いである。

上座から乗りだす平林大膳大夫などは、魂まで吸いとられたような顔になった。

「止《や》めよ、興醒《きょうざ》めじゃ」

かたわらで叫ぶのは、用人頭の小室陣内である。

蔵人介は謡いを止めず、ひと差し舞ってみせた。

「止めろというに、わからぬのか」

小室は激昂《げっこう》し、自慢の手槍を拾いあげる。

酒をかなり呑んでいるらしく、腰つきが定まっていない。

「小室さま、槍をお放しくださりませ。危のうござります」

対座する房州屋が窘《たしな》めても、小室は危うい足取りで手槍を振りまわす。

「きゃああ」

芸者たちは悲鳴をあげ、一斉に座を離れた。

串部が芸者たちを助け、ひとりずつ部屋の外へ逃がしてやる。

蔵人介は謡いを止めず、優雅に舞いながら上座へ近づいた。

「無礼者め、殿の御前であるぞ」

小室が手槍を青眼に構え、穂先をぐんと突きだしてくる。

蔵人介は舞いながら、腰の脇差を抜きはなった。

斎藤弥九郎から貰った秦光代の「鬼包丁《おにぼうちょう》」だ。

これを上段に掲げ、やっとばかりに投擲《とうてき》する。

「ぬっ」

小室の手から、手槍が転げ落ちた。

眉間《みけん》には鬼包丁が刺さっている。

「げっ」

房州屋は仰天してひっくり返り、畳に這いつくばった。

それでも、どうにか立ちあがり、部屋から逃れようとする。

と、そこへ、潮吹きの面をかぶった串部が戻ってきた。

「何処へ行く」

「ひっ」

「阿漕《あこぎ》な商人め、逃がすまいぞ」

串部は身を低くし、両刃の同田貫を抜刀する。

「ひゃっ」

房州屋は敷居から踏みだそうとして、藻掻《もが》きながら床に落ちた。

――どしゃっ。

敷居の手前には、切り株のような臑が二本残っている。

阿漕な商人は血の池で泳ぎ、すぐに動かなくなった。

ひとり残った普請奉行は慌てふためき、用人頭の手槍を拾う。

「狼藉者《ろうぜきもの》め」

いくら勇ましく叫んでみても、両目が離れて鰓《えら》の張った顔は食っても不味《まず》そうな平目にすぎない。

手槍を威勢良く振りまわした途端、穂先が頭上の梁《はり》に食いこんだ。

「くそっ」

押しても引いても、びくともしない。

蔵人介は胸を張り、静かに近づいた。

「堪忍《かんにん》じゃ、命だけは助けてくれ」

平林は屈んで拝むふりをし、突如、脇差を抜きはなつ。

――びゅん。

蔵人介は怯《ひる》まず、抜き際の一刀を振りおろした。

「ぎぇっ」

田宮流双手《もろて》刈り、平林は一瞬にして左右の小手を失った。

「うえっ……あ、ああ」

輪切りになった斬り口から、鮮血が噴《ふ》きだす。

まるで、水芸でもみているかのようだった。

平林は前のめりに倒れ、額を畳に擦りつける。

「……お、おぬしは何者じゃ」

いまわの問いにこたえるべく、蔵人介は武悪の面を外した。

「この顔に、おぼえはござらぬか」

「えっ」

平林は苦しげに顎を突きだし、真っ赤な眸子を瞠《みは》った。

「……お、鬼役か……ど、どうして、おぬしがわしを」

殺めるのかと糺されても、こたえる必要はなかろう。

「おぬしが、悪党だからさ」

「……あ、悪党」

とどめを刺すまでもなく、平林はこときれた。

蔵人介は武悪の面を付け、ふたたび、重々しく謡いを唸りだす。

「……一度生を享《う》け、滅せぬもののあるべきか、これを菩提《ぼだい》の種とおもい定めざらんは、口惜しかりき次第ぞ」

殺生《せっしょう》ひとつ重ねるごとに、背負う業は重くなる。さりとて、この世に蔓延《はびこ》る不正義を見逃すわけにはいかぬ。げに鬼役とは悲しき宿命《さだめ》を帯びし者、褒められもせず、敬われもせず、報われぬ人の痛みを癒《い》やすべく、闇に下りて悪を断つ。暗い深淵より罷《まか》りこす閻魔大王の使わしめ、行く手には西方浄土《さいほうじょうど》の涯《は》てまで曲がりくねった茨《いばら》の道がつづくのみ。

「げに鬼役とは悲しき宿命を帯びし者か」

面を外して夜空を見上げれば、満月のごとき丸い月が皓々《こうこう》と輝いている。

秋の気配を頰に感じつつ、蔵人介は足早に闇の向こうへ遠ざかっていった。

臑《すね》刈り継左衛門《つぎざえもん》

一

燕《つばめ》が南国へ飛び去る彼岸《ひがん》過ぎ、萩《はぎ》もそろそろ見頃になったというので、矢背家の面々は薬研堀《やげんぼり》から船で隅田川《すみだがわ》を遡《さかのぼ》り、柳島《やなぎしま》村の龍眼寺《りゅうがんじ》へやってきた。

龍眼寺は観世音菩薩《かんぜおんぼさつ》を本尊とする天台宗《てんだいしゅう》の古刹《こさつ》、寺領内の湧き水が眼病に効験《こうげん》のあることで知られている。それゆえ、眼病を患《わずら》った人々の参詣も多いが、それ以上に、境内を隈無く埋め尽くす萩を目当てに訪れる遊山《ゆさん》客で賑わった。

期待に胸を膨らませて門を潜れば、風に波立つ萩の連なりが目に飛びこんでくる。

「秋は夕暮れがよい。日没も間近になれば、燃えあがる連山波濤《はとう》のごとき光景を目にできよう」

日没となってからも門前の床見世《とこみせ》で雪洞《ぼんぼり》や手燭《てしょく》を求め、すだく虫の音を聴きながら夜の萩を楽しむことができる。

「年に一度の贅沢じゃ。龍眼寺の萩を愛《め》でぬ阿呆《あほう》もおるまいて」

志乃は嬉しそうに発し、幸恵や卯三郎に同意を求めた。

が、ひとりだけ、萩を愛でぬ阿呆がいる。

「蔵人介どの、そう言えば、串部はどうしたのかえ」

「はあ、何でも青山《あおやま》の梅窓院《ばいそういん》に行かねばならぬ用があるとかで」

「梅窓院か。なるほど、わかりましたぞ。串部はたしか、美濃《みの》の郡上八幡《ぐじょうはちまん》を領する青山家の家臣であったな」

「十五年余りもむかしのはなしにござります」

「されど、来し方が忘れられぬのであろうよ」

串部の故郷でもある郡上八幡では秋口の三十夜にわたり、侍も百姓も領内すべての人々が「郡上踊り」に興じる。これは百姓一揆《いっき》によって前領主が追放されたあと、荒廃した郡上八幡の新領主となった青山家の当主が領民たちの融和をはかるとともに、幸福な暮らしを祈念してはじめた祭りであった。

彼岸《ひがん》過ぎには、夜を徹して踊りあかす。この風習は江戸表《おもて》にも根付き、青山家の菩提寺《ぼだいじ》である梅窓院に足を運べば、誰でも踊りの輪にはいることができた。

串部は拠所《よんどころ》ない事情から故郷《さと》を捨てて以来、長いあいだ梅窓院に近づこうともしなかった。ところが、ようやくわだかまりも解けたのか、ここ数年は梅窓院の境内で朝まで踊り明かすようになった。

「むかしの仲間と旧交を温めておるのでしょう」

串部は出生や来し方の出来事をあまり喋りたがらない。ただ、親の代から領内の村々を巡回する検見役《けみやく》に任じられていたとは聞いた。

「何故、藩士を辞めたのかはわからぬが、もったいないはなしよのう。しかも、年にたった四両二分の給金で、よくぞ十年余りも毒味役の家に仕《つか》えてくれたわ」

「養母上《ははうえ》、さようなことを告げたら、串部は泣きだしますぞ」

「秋風に吹かれておると、しんみりした心持ちになる。本人のまえでさような台詞は吐かぬゆえ、ご案じ召さるな」

「はあ」

「そう言えば、意中の相手とはどうなっておるのであろう。たしか、おふくと申す一膳飯屋の女将《おかみ》を好いておったな。羊遊斎《ようゆうさい》の蒔絵《まきえ》がほどこされた柘植《つげ》櫛を贈ったとか贈らぬとか、そこからさきは梨の礫《つぶて》じゃ」

志乃にしてはめずらしく、執拗《しつよう》に穿鑿《せんさく》しようとする。

羊遊斎の櫛はいまだ贈っておらず、薬研堀で一膳飯屋を切り盛りするおふくとはあいかわらず、煮えきらぬ仲だ。

「本心を知られるのが恥ずかしいのか、袖にされるのが恐いのか。それとも、何かほかに格別な理由でもあるのかのう」

理由があるとすれば、やはり、藩を捨てた拠所ない事情と関わってくるのかもしれない。

出仕《しゅっし》から六年目、二十七のことであった。禍々《まがまが》しい出来事のせいで、串部は藩に居場所を失った。蔵人介は串部本人から「侍をやめるどころか、生きるのをやめたいとすらおもった」と告げられたことがある。

酒の力を借りて告白された内容は、同情を禁じ得ぬものだった。新妻と秘かに逢《おう》瀬《せ》を重ねていた間男《まおとこ》を斬ったのだ。惨劇の原因は別の男に未練を抱いた妻にあり、妻敵《めがたき》討ちを果たした串部に落ち度はない。誰かに告げ口をされ、怒りで頭が真っ白になり、大小を摑んで逢瀬の場へ向かい、相手の男を斬った。血に染まった手を震わせていると、妻はみずから舌を嚙みきったのだという。

妻を斬らずに中途半端な情けをかけたことが「武士らしくない」と、周囲に批判された。根っこのところには、妻敵討ちへの蔑《さげす》みがあったのだろう。上役も同僚もみな、妻を寝取られた夫の不甲斐なさを詰《なじ》った。

串部は居たたまれなくなり、藩も故郷も捨てざるを得なかった。血塗られた出来事が澱《おり》のように沈み、何年も忘れられずにいた。忘れようと決めて梅窓院へ足をはこび、ともに来し方を懐かしがってくれる友と再会することができたのだ。

十五年以上も経って、ようやくわだかまりは消えつつあったが、おふくに恋情を伝えようとすると、どうしても陰惨な光景が頭に浮かんでくるという。

ただ、こればかりは本人の力で乗りこえるしかあるまい。

「さあ、陽が落ちますよ」

秋の日は釣瓶《つるべ》落とし、落陽の瞬間、境内全体が燃えあがったような錯覚を抱いた。

誰もがことばを失い、絶景に身を浸す。

辺りが徐々に暗くなっても、遊山客たちは帰ろうとしない。

「雪洞に火を灯《とも》しましょう」

志乃は串部のことなどすっかり忘れ、境内の奥へと進んでいった。

——ころころころ、ころころころ。

耳に飛びこんできたのは、蟋蟀《こおろぎ》の鳴き声であろうか。

雪洞に照らされた萩の草叢は生き物のようにうねり、蔵人介たちを奥へ奥へと誘っていく。

進んでも進んでも、いっこうに出口はみえない。

あきらかに、例年とはちがう感覚だった。

気づいてみれば、志乃たちのすがたを見失っていた。

虫の音がうるさいほどなのに、周囲は張りつめたような静けさに包まれている。

正体のわからぬ何者かが跫音《あしおと》を忍ばせ、暗闇からのっそり近づいてきた。

蔵人介は立ち止まり、鳴狐《なきぎつね》の柄に手を添える。

誰もいない。

ただ、暗闇があるだけだ。

「気のせいか」

肩の力を抜きながらも、よからぬことの兆しを感じていた。

二

翌朝、嫌な予感は当たった。

非番で寛《くつろ》いでいると、見知らぬ役人がふたり訪ねてきたので、蔵人介は玄関先で応対した。

「それがし、南町奉行所の内与力《うちよりき》で、鶴野寛次郎《つるのかんじろう》と申します。じつは、配下の者より由々《ゆゆ》しきことを聞き、急ぎお訪ね申しあげた次第にござる」

慇懃《いんぎん》無礼な態度で発する鷹の目の人物は、市井《しせい》の人々から「妖怪」と綽名《あだな》される鳥居甲斐守耀蔵《とりいかいのかみようぞう》の配下であった。

正直、鳥居は顔をみたくもない相手だ。下の連中には密告を奨励《しょうれい》し、気に食わぬとなれば、罪を捏造《ねつぞう》してでも狙った相手を捕縛する。強引なやり口は城の内外で酷評されているものの、水野越前守忠邦の子飼いという立場を利用して、誰からも文句を言わせない。蔵人介も長男の鐵太郎に謀反《むほん》の疑いを掛けられたり、何度か嫌なおもいをさせられた。

牛に似た男が鶴野に促され、油断のない様子で喋りだす。

「定廻《じょうまわ》りの田尻軍兵衛《たじりぐんべえ》でござる。こちらに串部六郎太なる御用人はおられませぬか」

「串部がどうかしたのか」

「じつは昨夜、梅窓院そばの青山大路で辻斬りがござりましてな。串部どのに疑いが掛かっております」

「何だと」

「事情をお尋ねしたいので、こちらにお呼びいただけませぬか」

「待て、何故、串部を疑うのだ」

「斬られた屍骸《むくろ》が、腨を二本とも失っておりました。下手人は腨斬りを本旨《ほんし》とする柳剛流の剣客にございります」

「柳剛流の剣客なら、江戸に掃いて捨てるほどおる。それだけで疑っておるのか」

「いいえ、殺しのあった場所から逃げた侍をみた者がおります」

屋台蕎麦《そば》の主人と酔客が、串部らしき者の顔を目に焼きつけていたらしい。

「秘かに似面絵《にづらえ》を描かせ、柳剛流の道場を片っ端から当たりました。すると、お玉《たま》が池《いけ》の直井《なおい》道場で、串部どのにまちがいないという門弟らの証言を得られたのでござる」

直井道場は蔵人介が「おぬしは血の気が多いから暴れたらいい」と言って薦《すす》めたさきだった。串部は荒稽古を好み、今も七日に一度は道場へ通っているはずだ。

直井道場まで調べたのなら、似面絵の人物は串部にまちがいなかろう。

蔵人介は不安に駆られたが、もちろん、顔には出さない。

「斬られたのは侍でござろうか」

牛男の田尻から目を離し、鶴野に向きなおる。

鶴野は軽く溜息を吐いた。

「青山さまの御家中でござる。串部どのは昨夜、何処でどうしておられたのか、ご存じありませぬか」

「さような問いにこたえる筋合いはない。そもそも、町奉行所の役人が旗本の家に来て何とする」

「無論、畑ちがいにござります。御目付《おめつけ》の領分を荒らす気はござらぬ。ただ、事が大きくなるまえに伺ってみただけのこと」

「どういう意味かな」

「われわれにお任せ願えれば、矢背さまにご迷惑のかからぬように始末いたしますが」

「始末だと」

さすがに、蔵人介は気色《けしき》ばんだ。

事を丸く収めるので、いくばくかの袖の下が欲しいと、腐れ役人どもは暗に要求しているのだ。

「どうせ、使い捨ての用人にござりましょう。さような者のために、だいじなお家が潰《つぶ》されでもしたらたいへんでござる。ふふ、くれぐれも誤解なきよう。親切心から申しあげておるのですよ」

鳴狐が腰にあったら、抜いていたかもしれない。

「お帰り願おう」

蔵人介は玄関先を見据え、静かに言いはなった。

危ういものを感じたのか、ふたりは黙って背を向ける。

不浄役人どもが去ると、蔵人介は下男の吾助《ごすけ》を呼んだ。

「串部はどうした」

「いまだ」

部屋にはおらず、昨夜から戻ってきた形跡もないという。

「困ったな」

弱音を吐いたところへ、幸恵がやってきた。

「おはなしを立ち聞きしてしまいました」

「ふむ」

「じつを申せば、昨日から嫌な予感がしておりました」

「おまえもか」

「義母上もそのように。じつは、帰りの船で、しきりに串部どののことを案じておられたのですよ」

「そうか。いずれにしろ、放ってはおけまい。ただし、事がはっきりするまで、養母上には黙っていよう。勝手に動かれても困るからな」

「かしこまりました」

幸恵によくよく言いふくめ、蔵人介は家を飛びだした。

卯三郎も連れていきたかったが、夕方にならねば剣術の稽古から戻ってこない。吾助に命じて飯田町《いいだまち》の綾辻《あやつじ》家へ向かわせ、義弟の市之進《いちのしん》に助力を請うべく伝言させることにした。

綾辻家は幸恵の実家で、当主は代々、徒目付《かちめつけ》に任じられている。市之進も父の後を継いで徒目付になったが、四角四面で融通の利かぬところがあり、出世からは見放されていた。以前の上役は鳥居耀蔵にほかならず、蔵人介とは敵対したこともあったが、危うくなりかけるたびに、姉の取りなしで修復をはかってきた。いずれにしろ、鬼役の隠密御用を知る数少ない味方にはちがいない。

それにしても、串部は何処へ行ってしまったのか。

蔵人介はとりあえず、梅窓院へ行ってみようとおもった。

御納戸町から、さほど遠くはない。

裏道もあるが、いったん濠端へ出て、赤坂から青山大路をたどった。

梅窓院の裏手には、郡上藩青山家四万八千石の下屋敷がある。青山という地名の由来ともなっただけあり、敷地は途轍《とてつ》もなく広い。

梅窓院の門前には床見世が並び、境内には祭りの余韻《よいん》が残っていた。

参道こそ掃き浄められているものの、御堂でごろ寝をしている者はかなりおり、風体の賤《いや》しい町人や浪人のすがたも見受けられる。

ざっと眺めわたしても、串部のすがたはない。

青山家の家臣らしき者もおらず、僧侶たちは忙しそうにしている。

蔵人介は参道に戻り、山門のそばで竹箒《たけぼうき》を持つ寺男に声を掛けた。

「ちと、ものを尋ねたい」

「はい、何でございましょう」

「昨夜遅く、近くで辻斬りがあったと聞いた。斬られたのは、青山家の家臣か」

「えっ、はい、さように聞いておりますが」

「家臣の名を教えよ」

蔵人介の迫力に気圧され、寺男は首を縮める。

「墨田平祐《すみだへいすけ》さまと聞いております」

「役目は」

「無役で、ご重臣のご子息だとか」

尋ねた相手がよかった。どうやら、あらかたのことは知っているようだ。

「下手人の顔をみた者があったそうだな」

「屋台蕎麦の親爺です。門前をお歩きになれば、みつかるかと。『田毎《たごと》の月』と書かれた看板が目印にござります」

寺男に礼を言い、山門の外へ出る。

屋台蕎麦の親爺は、苦もなくみつかった。

客はおらず、十六文《もん》の掛け蕎麦を注文する。

「へい、おまち」

蔵人介は威勢よく蕎麦を啜り、喉越しで味わった。

美味い蕎麦だ。ちゃんとした蕎麦を作る職人気質《かたぎ》の親爺が、口からでまかせを言うはずはない。おそらく、串部をみたのであろう。

「ちと、ものを尋ねたい。昨晩の辻斬りのことだ」

途端に、親爺は頬を強《こわ》ばらせた。

「町奉行所のお役人に、ぜんぶおはなししましたよ」

「下手人をみたらしいな」

「ええ、まあ」

「何処でみた」

「このさきの堀川沿いです」

「夜目遠目《よめとおめ》にもかかわらず、顔がよくわかったな」

「提灯を持っておりました。自分の顔を照らして、そいつ、にやっと笑いやがったんです。そりゃもう、ぞっとしましたよ」

「斬るところはみたのか」

「いいえ。でも、抜き身を手に提《さ》げておりました。それだけは確かです。お客もみておりましたからね」

串部らしき男は抜き身を提げ、みずからの顔を提灯で照らして笑ったのだ。

「ちっ、いったい何をやっておるのだ」

蔵人介は独《ひと》り言《ご》ち、一分金《いちぶ》を置いて屋台を去った。

しばらく歩いたところへ、親爺が追いかけてくる。

「旦那、いくらなんでも貰いすぎです」

「よいのだ、取っておけ」

「あの、余計なことかもしれませんけど」

「ん、どうした」

「お役人のはなしでは、ふたり目だったそうですよ」

「ふたり目」

「はい」

ついせんだっても、この近くで青山家の家臣が辻斬りに斬られたという。

「よくぞ教えてくれたな。ついでに聞くが、斬られた者に心当たりは」

「ございません」

「ふむ、かたじけない」

蔵人介はお辞儀をし、くるっと踵《きびす》を返す。

山門へ戻ると、丸顔の市之進が佇んでいた。

三

市之進は険しい顔で近づいてくる。

「義兄上《あにうえ》、迷惑です」

「おいおい、のっけからその態度か」

「南町奉行所の鶴野寛次郎が訪ねてきたと、吾助に聞きました。あやつは鶴寛《つるかん》と呼ばれており、心付けを渡せば悪事を平気で揉《も》み消す悪党与力です。しかも、鳥居さま子飼いの内与力にほかなりませぬ」

蔵人介は嘲《あざけ》るように市之進の顔を覗《のぞ》きこむ。

「それほど、鳥居耀蔵が恐いのか」

「……ま、まさか」

「正直に申せ。顔に恐いと書いてあるぞ」

「それがしがどうなろうとかまいませぬ。されど、あのお方は一度狙いをつけたら、相手を執拗に追いつめ、仕舞いには家ごと根こそぎ奪ってしまいます。さようなこと、義兄上もよくご存じではありませぬか」

「たしかに、関わりたくはない。されど、串部に辻斬りの疑いが掛かっておる。濡《ぬ》れ衣《ぎぬ》を晴らしてやらねばなるまい」

「それはまあ、そうですが」

市之進は溜息を吐き、山門から離れて歩きはじめた。

黙って従《つ》いていくと、青山屋敷の裏手にあたる畦道《あぜみち》のほうへ向かう。

周辺には田圃《たんぼ》しかない。

「何処へ行く。この辺りは原宿《はらじゆく》村か」

「ええ、そうです。畦道が途切れたあたりで、ひとり目の屍骸《むくろ》がみつかりました」

「調べたのか。さすが、徒目付だな」

「おだてても、木には登りませんよ」

「ふふ、そうでもなかろう。おぬしは木に登りたがる男だ。まあよい、つづきを聞こうか」

ひとり目の犠牲者は北小十郎《きたこじゆうろう》といい、やはり、青山家の家臣だった。みつかったのは三日前の早朝なので、凶行がその前夜だったとすると、さほどあいだをあけずにふたり目の犠牲者が出たことになる。

「手口は同じです」

屍骸は刈り入れを終えたばかりの田圃に俯《うつぶ》せで倒れており、畦道には二本の臑が残されていた。

「柳剛流の臑刈りか」

「はい。しかも、かなりの手練でなければ、足場の悪い畦道で二本の臑を斬ることなどできませぬ。それと、妙なはなしですが」

屍骸をみつけた百姓の証言によれば、二本の臑は履き物のようにきちんと揃えてあったという。

「揃えることに何か意味があったのか、それとも、きちんと揃えたい性分《しょうぶん》の持ち主なのか」

いずれにしろ、やはり、串部がやったとは考えにくい。

首を捻りたくなることは、ほかにもある。

「ひとり目は畦道、ふたり目は門前に近い堀川端。青山家の家臣ともあろう者が、真夜中にさような物淋しいところをひとりで彷徨《うろつ》くものか」

「呼びつけられたのかも」

顔見知りに斬られたということだろうか。

「わかりませぬ。ただ、少なくとも、串部どのとの繋がりはみえてきませぬ。斬られたふたりは、二十歳そこそこの若侍でした」

「ほう、そうなのか」

「いずれも、無役の部屋住みです」

しかも、重臣の次男と三男だという。

「ふたりの繋がりは」

「そこまではまだ。ともあれ、串部どのの疑いを晴らすためには、本人に会ってはなしを聞くしかありませんな」

「薬研堀へ行ってみるか」

「おふくの見世ですか。おりますかね」

「ほかに行くところもあるまい」

ふたりは畦道をたどり、青山大路へ戻った。

薬研堀までは遠いので、神楽坂下から小舟を仕立てることにする。

道々、肩を並べて歩きつつ、市之進に近況などを尋ねた。

義父の物忘れはあいかわらずだが、夜半に起きだして近所を徘徊《はいかい》することはなくなったらしい。孫の幸《さち》がすくすく育ち、可愛い盛りなので、昔のように元気を取りもどしてくれたという。一方、妻の錦《にしき》はふたり目の子を身籠《みご》もっており、あと半年もすれば家族がひとり増える。そのはなしは幸恵にも聞いていたので、蔵人介も楽しみにしていた。

散策気分で歩きつづけ、気づいてみれば桟橋に行きついた。

小舟に乗って神田川《かんだがわ》を漕ぎすすむと、次第に腹が空いてくる。

「義兄上、昼餉はどうします。それがしは、新川《しんかわ》の『猩々庵《しょうじょうあん》』か神田雉子町《きじちょう》の『藪栄《やぶえい》』で蕎麦をたぐりたいですな」

「おふくのところにも、蕎麦はあったぞ」

「ありましたっけ」

「繋ぎに海苔《のり》をつかったとろみのあるやつだ」

「できれば、こしの強い十割蕎麦がよいのですが」

「贅沢を言うな。ちと、食い意地が張りすぎだぞ」

そんな会話を交わしていると、小舟は柳橋《やなぎばし》から大川へ飛びだし、薬研堀の桟橋へ近づいていった。

にわかに信じられぬはなしだが、おふくはかつて吉原《よしわら》の花魁《おいらん》だった。身請《みう》けしてくれた商人が抜け荷に絡んで闕所《けっしょ》となったのち、日本橋の芳町《よしちょう》で裸一貫から一膳飯屋を立ちあげたのだ。細腕一本で店を軌道に乗せたところが、火事ですべてを失ってしまった。見世が炎に巻かれたとき、串部がまっさきに駆けつけ、見世から離れようとしないおふくを連れだしたのである。

それからしばらくして、おふくは常連客の伝手《つて》をたどり、薬研堀に腰を落ち着けた。呂庵《ろあん》という呑んだくれの町医者に軒先を借り、しばらくのあいだは看立所《みたてじょ》の手伝いをしていたが、常連客たちの後押しもあって、ふたたび、近所で一膳飯屋をやりはじめた。

「おふくは苦労を知っておる。串部に言わせれば、情けない男の哀しみを理解できるおなごらしい」

「串部どのが、そのようなことを」

「だから、惚れたのだとさ」

「ごちそうさまですね」

「されど、あやつは恋情を口に出して伝えられぬ。おふくに嫌われたらどうしようと、女々《めめ》しく悩んでおるのだ」

「おふくは勘づいておりましょう」

「勘づいておるどころか、まことは恋情を伝えてほしいにちがいない。されど、賢いおなごゆえ、自分からは好いた素振りもみせず、あくまでも常連客のひとりとして串部に接している。これまでに何度も裏切られてきたからな、人を好きになるのが恐いのかもしれぬ。その点は、串部も同じだ。似た者同士が惹《ひ》かれあうのは当然のなりゆきだと、わしはおもうがな」

「何やら、義兄上らしくないことを仰いますな」

串部のことになると、饒舌《じょうぜつ》になる。そんな自分を、蔵人介は不思議に感じた。

露地裏の一角に踏みこむと、奥のほうに『お福』と書かれた青提灯がみえる。

「ほっ、ありがたい」

「やっておりますな」

市之進はぐうっと腹の虫を鳴らし、足早に近づいていく。

縄暖簾《なわのれん》を振りわけると、色白の女将が満面の笑みで迎えてくれた。

だが、客のなかに串部の顔はない。

「三日前の晩にみえたきり、一昨日も昨日もみえておりませんよ」

おふくも心配そうな顔をする。

とりあえず、とろみのある蕎麦を注文して腹を満たした。

ついでに熱燗《あつかん》を一本だけ呑み、明樽《あきだる》から立ちあがる。

「串部さまに何かあったのですか」

追いかけてきたおふくに尋ねられ、蔵人介は曖昧《あいまい》に笑いながら応じた。

「たいしたことではない。昨日から見掛けておらぬゆえ、呑みすぎて何処かで野垂れ死んでおるやもしれぬとおもってな」

「串部さまにかぎって、そのようなことはござりませぬ」

おふくに真剣な顔で諭《さと》され、蔵人介は困ったように頭を掻いた。

串部の恋情を伝えたい衝動に駆られたが、すんでのところで踏みとどまる。

「お殿さま、旬の秋刀魚《さんま》と松茸を焼いてさしあげますと、どうか、串部さまにお伝え願えませぬか」

「ああ、わかった。ちゃんと伝えておこう」

蔵人介と市之進が見世を離れても、おふくは不吉な予感でもはたらいたのか、いつまでも敷居に立って見送りつづける。

「いったい、何処へ行っちまったのでしょうね」

市之進の溜息は重く、串部の消えた理由は判然としない。

まさか、青山家の若侍をその手で斬ったのではあるまいな。

「酩酊《めいてい》しながら踊ったあげく、自分を見失ったということはありませぬか」

市之進もどうやら、疑心暗鬼《ぎしんあんき》になってしまったようだ。

とりあえず、今は串部を信じてやることだなと、蔵人介はみずからに言い聞かせた。

四

二日経った。

串部は戻ってこず、行方は杳《よう》として知れない。

蔵人介は一昨日の朝に出仕し、今日の昼餉に供される御膳のお毒味を済ませ、さきほど下城してきたばかりだ。

家に帰ってみると、市之進が待ちかまえていた。

どうやら、調べに進展があったらしい。

「北小十郎と墨田平祐、斬られたふたりは遊び仲間でした」

しかも、藩内では知らぬ者のいない札付《ふだつ》きの不良侍だったという。

親が重臣であるのをよいことに、下士《かし》の子息たちをいじめ、酒を浴びるほど呑んで市中に繰りだしては喧嘩沙汰を繰りかえし、町奉行所の世話になったことも一度ならずあった。

「勘当《かんどう》寸前までいって、表向きはおとなしくしておったようです。されど、陰ではいろいろやらかしていたとの噂もござります」

何者かに命を絶たれても藩内に驚きの声はなく、多くの藩士はこうした事態を予想していて、なかには「自業自得《じごうじとく》」と囁いている者もあるらしい。

「じつは、こやつらは三人組で、生き残りがもうひとりおります」

市之進は、ふいに黙った。

襖の向こうに人の気配が立ったのだ。

「失礼いたします」

襖が開き、幸恵が茶を運んでくる。

「おや、密談ですか」

落ち着かない実弟の様子を察し、幸恵は冗談半分に問いかけた。

「どのようなご相談かはおはなしにならずともけっこうですけど、義母上も『いざとなれば助力は惜しまぬ』と仰いましたよ」

「養母上が、さようなことを」

「はい」

幸恵は茶を置き、蔵人介のほうに向きなおる。

「『人は何かの拍子に、ふらりと旅に出たくなるもの。串部もおそらく、さような気分になったのでしょう』と、義母上はお茶を呑みながら仰いました」

「茶を呑みながらか」

「ええ。ともあれ、串部どののことなら『案ずるにおよばず』と、太鼓判を押しておられましたよ」

志乃に太鼓判を押されると、何故か安心する。

幸恵が居なくなると、蔵人介は立ちあがった。

「義兄上、どちらへ。まだ、はなしの途中ですが」

「三人組の生き残りがおるのであろう。そやつの後を尾《つ》ければ、何か起こるかもしれぬではないか」

「なるほど、仰るとおりです」

市之進も、ひょいと尻を持ちあげた。

蔵人介は幸恵に外出を告げ、袖に包んで渡された大小を腰に差す。

冠木門を出て、おもむろに口をひらいた。

「市之進よ、おぬしのことだ。そやつの出没しそうな行く先は調べてあるのだろう」

「ええ、まあ」

「案内せよ」

「はっ」

ふたりは浄瑠璃坂を下り、濠端の道を赤坂方面へ向かった。

市之進が息を切らせ、つづきを喋る。

「三人目は井手口数馬《いでぐちかずま》と申します。三人組の首領格で、父親の井手口左内《さない》は郡上藩の藩財政を司る中老《ちゅうろう》を務めております」

次男坊の数馬は甘やかされて育ったせいか、傍若無人《ぼうじゃくぶじん》を絵に描いたような荒っぽい性分で、酒を呑むと手がつけられぬほど粗暴になるという。

「父親に命じられ、ここ数日は御下屋敷の重臣屋敷に蟄居《ちっきょ》しておりましたが、おとなしくしていられるはずもなく、陽のあるうちから氷川《ひかわ》明神裏の岡場所へ通っているとかいないとか」

噂の真偽は岡場所へ行かねばわからぬが、不良仲間がふたりとも斬られたのに、数馬は屋敷に閉じこもる気もないようだった。

ふたりは濠端から右へ折れ、武家屋敷の狭間を縫うようにたどった。

氷川明神の鳥居をのぞむ門前町から一歩裏道へまわれば、いかがわしい雰囲気の漂う一角がある。四六見世《しろくみせ》が軒を並べる隠町《かくしまち》にほかならず、陽が落ちれば安価な鉄砲女郎《じょろう》がそこいらじゅうから白い腕を伸ばしてきた。

昼なお暗い露地裏に踏みこんだら最後、抜けだすことは難しい。井手口数馬もおそらく、女郎蜘蛛《じょろうぐも》の張った網に夏の虫のごとく搦《から》めとられた口だろう。

「見世の名も聞いております」

市之進の探索力もかなりのものだが、井手口数馬に恨みを抱いている者は多く、藩士たちは聞けば何でもはなしてくれたという。

「いずれにしろ、奥のほうだとおもいます。ん、あそこに先客が」

ふたりは物陰に隠れ、じっと様子を窺《うかが》った。

先客とおぼしき相手は黒羽織を纏い、小銀杏髷《こいちょうまげ》を結っている。

「あの顔、みおぼえがある。先日、内与力と訪ねてきおったぞ。田尻軍兵衛とか申す南町奉行所の定廻りだ」

「ははあ、あやつが田尻ですか」

「知っておるのか」

「よくない評判は聞いております。内与力の鶴寛とつるみ、金さえ払えばどのような悪事でもなかったことにする不浄役人だとか。おおかた、井手口数馬の父親と裏で通じておるのでしょう」

不肖《ふしょう》の息子が市中で揉め事を起こすたびに、父親の井手口左内は心付けを包んで丸くおさめさせてきたのだろう。

「御用頼みというやつですよ」

大名家や大身旗本の弱みを握り、壁蝨《だに》のように寄生して小銭を稼ぐ。そうした悪事なら、多かれ少なかれ不浄役人の誰もがやっている。別段、めずらしいことではなかったが、鳥居耀蔵の子飼いだけに腹が立った。

通りは暗くてじめじめしており、客らしき人影や白塗りの女郎は見当たらない。

田尻は板戸の向こうに消え、しばらくすると、だらしない恰好の若侍を連れて外に出てきた。

数馬であろう。

酩酊しているのか、足取りはおぼつかず、田尻に脇から支えてもらっている。

「情けないやつだ」

市之進が吐きすてた。

と、そこへ、辻陰からふいに人影があらわれた。

田尻の背後に音もなく迫り、刀を抜きはなつ。

刃長は二尺そこそこ、両刃の本身だ。

素早すぎて、止める暇もない。

「うえっ、何やつ」

振りむいた田尻の丈が、ずんと縮んだ。

前屈みに倒れ、藻掻《もが》きながらこときれる。

一瞬にして、臑を二本とも刈られたのだ。

「……ひ、ひぇええ」

数馬は悲鳴をあげ、何処にそれだけの余力があったのか、脱兎のごとく走りだす。

だが、すぐさま躓《つまず》いて転び、地べたに這いつくばった。

刺客は血振りを済ませ、大股で追いかけてくる。

頭巾で顔をすっぽり覆っており、人相はわからない。

無骨なからだつきは、串部に似ていなくもなかった。

「来るな、来るでない」

数馬は仰向《あおむ》けになり、頭巾の刺客に叫びかけた。

自分も死んだ仲間と同じ運命をたどるのかと、今になって気づかされたのだろう。

市之進が同意を得るようにうなずき、さきに物陰から躍りでた。

「待て、そこまでだ」

鋭い掛け声に、刺客はぎくっとして立ち止まる。

「……す、助《す》けてくれ……た、頼む」

数馬は立ちあがろうとして転び、必死に這ってきた。

市之進は刀を抜かず、ふたりのほうへ近づいた。

剣術は不得手だが、柔術にはおぼえがある。

指の節をぼきぼき鳴らし、相手を睨みつけた。

一方、刺客は踏みこむかどうか、迷っている。

「わしが相手をいたそう」

絶妙の機を捉《とら》え、蔵人介が物陰から躍りでた。

全身に殺気を漲《みなぎ》らせ、滑るように近づいていく。

刺客は徐々に後退り、辻の暗がりに消えていった。

「義兄上、あの者は」

「わからぬ、ちと暗すぎた」

「されど、串部どのではござりますまい」

市之進も今ひとつ確信できない様子だ。

数馬が芋虫のように這い、足に縋《すが》りついてくる。
これを物も言わずに蹴倒すや、蔵人介は暗い露地に背を向けた。

五

あの刺客は串部だったのか。
だとすれば、何かに取り憑《つ》かれたとしか言いようがない。
どっちにしろ、串部は同心殺しの疑いまで掛けられたことになる。
「いったい、何処で何をやっているのか」
少し腹が立ってきた。
何故、ことわりもなくすがたを隠しているのか。
よほどのことでもないかぎり、このような莫迦《ばか》をするはずはない。
腐れ同心を斬ったのは、まことに串部なのではとすら疑ってしまう。
翌夕、市之進が訪ねてきた。
井手口数馬ら三人組のやった許し難い行状があきらかになったという。
「半年前の出来事だそうです。湯島《ゆしま》にある『猿屋《さるや》』という楊枝《ようじ》屋の娘が輪姦《まわ》されたあげく、滅多《めつた》刺しにされました」

しかも、みつかったのは、湯島から遠く離れた喰違御門の高台だった。

「あろうことか、娘の遺体は南天桐《なんてんぎり》の枝から吊るされていたのだそうです」

井手口にいじめられたことのある藩士の喋った内容らしい。

市之進は『猿屋』までわざわざ出向き、傷心の父親から陰惨な出来事の一部始終を聞きだしてきた。

齢《よわい》十五の次女は、名をおそのという。梅も見頃になったある日の夕刻、湯島天神へ参った帰りに拐《かどわ》かされ、変わりはてたすがたで戻ってきた。下手人らしき連中を見掛けた者の証言から、井手口たち三人組が浮かびあがったにもかかわらず、月番だった南町奉行所の役人はろくな調べもせずに通り者の仕業だと断定した。

「調べをおこなった役人の名も伺いました。内与力の鶴野寛次郎と定廻り同心の田尻軍兵衛にござります。可哀相な父親は『なかったことにされた』と吐きすて、悔し泣きしておりました。おおかた、鶴野と田尻は井手口の父親から金を貰って、三人組の凶行を揉み消したのでしょう」

蔵人介は眉間に皺を寄せ、首をかしげてみせた。

「すると、こたびの臑刈りは、楊枝屋の娘の無念を晴らすためであったと」

「拙者はそうおもいます。されど、父親は北小十郎と墨田平祐のふたりが死んだことを知らぬ様子でした。それがしが告げた途端に腰を抜かしたほどで」

父親さえ知らぬあいだに、何者かが亡くなった娘の恨みを晴らそうとしているのだろうか。

「三人組はほかにも、恨みを買うような凶行をはたらいておったのやもしれませぬ。ただ、串部どのによく似た人物が四日前の晩、楊枝屋の主人に拙者と同じことを尋ねていったそうです」

「確かか」

「はい」

ふたり目の膾刈りがあった翌晩のはなしなので、串部が行方知れずとなった日の翌日となる。

「それを聞いて、楊枝屋の線でまちがいないと確信し、父親に生前の次女と格別に仲のよかった者はいなかったかどうか尋ねました」

許婚《いいなずけ》とかを予想したが、父親があれこれ考えたあげく、女の名を口にした。

「波《なみ》さまといいます。浪人のご内儀《ないぎ》で、娘の月命日にはかならず墓参を欠かさぬほど悼《いた》んでくれているそうです」

「血縁なのか」

「いいえ」

楊枝削りの内職を受注している浪人の内儀だが、亡くなった娘のことを妹のように可愛がってくれていたらしい。

蔵人介は低く唸った。

「その楊枝削りの浪人者、当たってみる価値があるやもしれぬ」

「そう仰るとおもい、住まいを調べておきました」

「されば、今からまいろう」

浪人の名は有村《ありむら》継左衛門といい、十ほどの息子がひとりいる。生国《しょうごく》も素姓もわからぬが、楊枝屋の主人が言うには、真面目で寡黙《かもく》な職人気質の持ち主らしい。何よりも楊枝の仕上がりが見事なので、二年ほどまえから内職仕事をお願いし、重宝《ちょうほう》させてもらっているとのことだった。

もちろん、生活は苦しかろう。楊枝削りで口を糊《のり》し、爪に火を灯すような貧乏暮らしを強《し》いられているのだ。仕官など望むべくもない世知辛《せちがら》い世の中で、親子三人身を寄せあって懸命に生きている。そんな光景を頭に浮かべ、蔵人介はやりきれない気分になった。

それにしても気になるのは、串部らしき人物も楊枝屋を訪ねていたことである。

「ふたり目の墨田が斬られたその場所で、串部どのらしき人物が抜き身を提げて立っていたと仰いましたね。しかも、屋台蕎麦の親爺のほうをみて、自分の顔を提灯で照らしながら笑ったと。串部どのは、何故、笑ったのでしょう」

「それよ」

笑ったのではなく、泣いていたのかもしれぬと、蔵人介はおもった。

「あやつ、泣いた顔と笑った顔の区別がつかぬこともあるからな」

「たしかに、そうかもしれませぬ。されば、何故、泣かねばならなかったのでしょう」

「さあな」

本人に聞いてみるしかあるまい。

串部のことを考えると、苛立ちが募るばかりだ。

ふたりは神田川に小舟を浮かべ、水道橋《すいどうばし》の桟橋から陸へあがった。

広大な水戸《みと》屋敷の対面には、郡上藩青山家の上屋敷がある。上屋敷の佇まいを外から眺め、すぐさきの中山道《なかせんどう》を横切って湯島の妻恋町《つまごいちょう》へ向かった。

狭い露地裏を進むと、貧乏人の住む棟割《むねわり》長屋へ行きついた。

嬶《かか》ぁたちが洗い物をしている脇では、洟垂《はなた》れどもが歓声をあげながら走りまわっている。朽《く》ちかけた木戸門を潜り、どぶ板を踏みしめると、住人たちは異人でもみるような目を向けてきた。

かまわずに奥へ進むと、小さな稲荷社のそばで男の子が木刀を振っている。

十ほどの齢と聞いたが、もう少し大きそうだ。

その子の扮装《なり》をみて、蔵人介は市之進と顔を見合わせた。

男の子は何と、左右にぼろぼろの臑当《すね》てをしているのだ。

蔵人介は気配を殺して近づき、屈んだ恰好で声を掛けた。

「なかなかの太刀筋だ」

「えっ」

男の子はこちらに気づき、眸子を丸めてみせる。

警戒の色を浮かべたので、蔵人介はにっこり微笑んだ。

「父上に習っておるのか。だとすれば、父上はさぞやお強いのであろうな」

「父は柳剛流の師範にござる」

男の子は胸を張り、凜然《りんぜん》と発してみせる。

それがわかっただけでも、わざわざ足労《そくろう》した甲斐はあったというものだ。

「父上はご在宅か」

「いいえ、今はおりませぬ」

そうした会話を交わしていると、部屋のなかから痩せた母親があらわれた。

「継之助《つぎのすけ》、部屋におはいりなさい」

「はい」

継之助は母に叱られ、素早く部屋へ隠れてしまう。

市之進は慌ててお辞儀をし、けっして怪しい者ではないと弁明した。

ただ、どう説明すべきか戸惑っているので、蔵人介がはなしを引きとる。

「それがしは幕府御膳奉行の矢背蔵人介と申す者、じつは行方《ゆきがた》知れずとなった当家の用人を捜しております。名は串部六郎太、ご存じありませぬか」

単刀直入に質すと、波らしき妻女は押し黙った。

少なくとも、串部を知っているのはまちがいない。

「郡上藩青山家の元家臣で、柳剛流の遣い手でもあります」

たたみかけると、妻女は背中を深く折りまげる。

「何もおはなしすることはございませぬ。どうか、お引きとりください」

屈んだまま頭をあげぬので、問いつめる気力も失《う》せた。

「かしこまりました。されば、まんがいち、串部がこちらへ訪ねてまいったら、言《こと》伝《づて》をお願いできませぬか。おぬしのせいで矢背家は改易《かいえき》となるやもしれぬゆえ、一刻も早く顔をみせるようにと、さようにお伝えください」

妻女は諾《だく》とも否とも言わず、頑《かたく》なに頭を下げている。

蔵人介は市之進を促し、背を向けてどぶ板を踏みしめた。

木戸の手前で振りかえっても、妻女は同じ姿勢のままでいる。

「あれはきっと、何か隠しておりますね」

市之進の言うとおりだろう。

「どういたしましょう」

井手口数馬は生きていることだし、ここで張りこんでいれば、亭主の有村継左衛門が動きだすかもしれなかった。

ひょっとしたら、串部とも会えるかもしれぬと、市之進の目は訴えている。

「よし、今晩だけ張りこんでみよう」

蔵人介は同意し、木戸口から離れて歩きはじめた。

「義兄上、そうと決まれば腹ごしらえを」

「ふむ、そうだな」

さほど遠くもないので、神田雉子町の『藪栄』へ行き、市之進に十割蕎麦でも馳走してやろう。

そんなことをつらつら考えながら、蔵人介は細道をたどっていった。

六

串部は朝靄《あさもや》のなかに佇み、見慣れた矢背家の冠木門をみつめた。

「長いあいだ、お世話になりました」

十年以上も仕えてきたことが、自分でも不思議でたまらない。不平不満はひとつとしてなく、矢背家の人々を心の底から好いている。当主の蔵人介にたいしては好き嫌いを通りこし、崇敬《すうけい》の念すら抱いていた。

おもいだす。十余年前までは、次期老中と目されていた長久保加賀守《ながくぼかがのかみ》の「飼い犬」だった。失意の身で浪人暮らしを強いられていたとき、汚れ役を捜していた加賀守に拾われたのだ。

若年寄《わかどしより》の加賀守は、郡上藩青山家と懇意にしていた。串部は青山家に仕えていたころ、小石川《こいしかわ》の江戸藩邸で上覧試合にのぞみ、臑斬りを封印せずに勝ち抜き戦の勝者となった。臑斬りは邪道と目されており、家中では顰蹙《ひんしゅく》を買っていたものの、偶さか上覧していた加賀守だけはちがう目でみていた。

傷心の身で藩を去ったのちに拾ってもらったときは、このうえない喜びを感じた。何しろ、相手は幕政を操る若年寄である。目を掛けてもらったことで有頂天《うちょうてん》になり、命じられるがままに人を斬った。

「事の善悪も判断できず、拙者はただの人斬りに堕《お》ち申した」

報酬と引き換えに政敵を闇討ちにし、重臣たちに取り入って利益を貪《むさぼ》る御用達商人も成敗した。人を斬る理由など問うたこともないし、善悪を判断する必要もなかった。

身分も金も得たが、いつも心に痛みを抱えていたような気もする。居たたまれぬおもいが募ったころ、加賀守より「鬼役を見張れ」との密命が下された。それが矢背家と関わりを持ったきっかけである。矢背家に用人として雇われたが、あくまでもそれは表向きのことで、蔵人介が裏切ったら「命を奪え」と厳命されていた。

暗殺御用を担う配下であるにもかかわらず、加賀守にとっては扱いづらい人物だったにちがいない。蔵人介は無口で無愛想な男だった。出会った当初は良い印象を受けなかったが、強く惹かれる何かがあった。いつも堂々と胸を張り、超然としていた。自分との大きなちがいは、正義に殉じる覚悟を携えていたかどうかということだ。

長久保加賀守は密命を下す立場にあり、蔵人介にとっても逆らえない相手のはずだった。ところが、加賀守自身の不正が発覚するや、蔵人介は一抹の躊躇《ためら》いもみせずに引導を渡した。

そんなことができる者はいない。相手は権力の中枢《ちゅうすう》に座す若年寄である。正義の鉄槌《てっつい》を下すことなど、常人にはできない。

「あのときからだ」

蔵人介のためなら命もいらぬとおもうようになった。矢背家の用人であることに誇りを感じ、安住の地をみつけた気になっていた。

「ところが、人生とはわからぬものだ」

梅窓院へ踊りにいった晩、有村継左衛門を見掛けてしまった。

有村は青山家の元藩士である。串部にとっては、信のおける数少ない後輩のひとりだった。

地元にある同じ柳剛流の道場で稽古を重ね、当時から腕は確かだが、性格が優しすぎると感じていた。それゆえ、二年前に出奔《しゅっぽん》したと聞いたときは、優しすぎる性格が災いしたのではないかと心配した。

伝手《つて》をたどって裏の事情を探ってみると、有村はどうやら重臣に課された密命を遂げられずに出奔したらしかった。密命の中身は、派閥の一方が敵対する派閥の重臣を亡き者にするというものだ。要は、暗殺御用である。

醜い派閥争いに巻きこまれるくらいなら、藩など辞めてしまったほうがよい。有村は正しかった。出奔すべきであったし、それ以外に取るべき道はなかった。ただ、事情をよく知らぬ藩士たちの見方はちがった。有村を武士の風上にも置けぬ腰抜けとみなし、みつけたら重罪にすべきだと声を荒らげた。

そうした経緯を親しい友から聞いていたので、串部は同情を禁じ得ず、いつも心の片隅で有村のことを案じていた。それゆえ、有村のうらぶれたすがたを目に留めたとき、再会すべくして再会したのではないかとおもった。

ところが、あまりに突然のことゆえ、声を掛けそびれてしまった。有村はこちらに気づかず、門前から堀川端のほうへ足早に向かった。途中で、誰かの背を尾《つ》けていることに気づいた。有村はあっという間もなく相手に追いつき、有無を言わせず、両刃の刀を抜いた。

おいと叫んで走ったが、有村はその場から遁走《とんそう》をはかった。

仕方なく、臑を失った屍骸を見下ろしていると、背後に何者かの気配を感じた。

振りむけば、屋台蕎麦の親爺と客がじっとみている。

咄嗟《とっさ》に、身代わりになろうとおもった。

有村は所帯を持ち、子もいると聞いていたからだ。

愛刀の同田貫を抜き、破れ提灯を拾ってみずからの顔を照らした。

そのとき、笑ったかどうかはわからない。酒をたらふく呑んでいた。かなり酔っていたのだろう。泣きたい気持ちとはうらはらに、笑ってしまったのかもしれない。人とは不思議なもので、気持ちとはうらはらの顔をみせることがある。有村の身代わりになろうと決めた悲愴な覚悟が、屋台蕎麦の親爺にはおそらく、笑っているようにみえたのだろう。

東の空が明け初《そ》めるまで、梅窓院の御堂で眠っていた。

しらふになってみると、浅はかな自分に気づかされた。この身が疑われれば、矢背家の人々も迷惑を蒙《こうむ》るにちがいない。そのことを失念していたのだ。

ともあれ、有村の事情を探ることにした。

いろいろ調べてみると、半年前の陰惨な出来事が浮かびあがった。すでに、ひとり目の犠牲者が出ていると知ったとき、有村は世話になった楊枝屋の娘を弔ってやりたいのだと理解した。

そうであるならば、復讐を遂げさせてやりたい。

止めても無駄であろうし、止める理由もみつけられなかった。

有村は町道場の束脩《そくしゅう》と楊枝削りの内職で、どうにか口を糊していた。仕事をくれる楊枝屋には深い恩を抱いていたはずで、おそらく、自分も同じ立場なら刀を抜いているだろうとおもった。

抜き差しならぬ事情を調べていくうちに、串部は自分が復讐を果たしているような気になっていった。

唯一のちがいと言えば、有村が刈った鬚をきちんと揃えていたことだ。むかしからそうだった。小机に物を置くときも角からきちんと揃えて並べ、すべての物をあるべき場所に置いておかねば気がすまなかった。

若い連中の粗雑さが我慢ならなかったのだろう。

串部にはわかる。非道な行為をはたらいたのが青山家を支える重臣の子息たちであったことも、許せぬというおもいに拍車を掛けた。もちろん、三人組の凶行を隠蔽しようとした父親も、心付けを貰って揉み消しをはかった南町奉行所の内与力や定廻り同心も、ぜったいに許すことはできない。有村がそうした連中の命を狙っていることも容易に想像できた。
串部は湯島妻恋町の一角に踏みこみ、有村の暮らしぶりも目に焼きつけた。
胸を打たれたのは、男の子が木刀を振る健気《けなげ》なすがただった。
おぬしの父を、けっして死なせはせぬ。
万が一のときは、自分が身代わりになろう。
物陰から男の子に誓った。
その誓いを破る気はない。
「殿、申し訳のないことにござります」
串部は冠木門に向かって、祈るように両手を合わせた。
そこへ、怪しげな男がやってくる。
「岡っ引きか」
銀流しの十手で肩を叩きながら、冠木門の内を覗こうとしていた。
おそらく、鶴野寛次郎とかいう内与力の手下であろう。
この身を捜しているのだ。
「くそっ」
有村が事を成し遂げるまで、捕まるわけにはいかない。

肝心の井手口数馬が下屋敷の重臣屋敷に引っこんでしまったこともあり、情況は難しくなってきた。

ことによったら、自分が囮《おとり》になってもよい。

有村の知らぬところで手助けし、やりやすい情況をつくってやろうと、そんなふうにも考えている。

何故、そこまでやるのかと問われても、串部は明確なこたえをみつけられない。

ただ、考えようによっては、来し方の罪業《ざいごう》を贖《あがな》う好機なのかもしれなかった。

矢背家の人々を巻きこみたくないので身を隠したが、まことは自分の覚悟を蔵人介に問うてみたかった。

「はたして、正しいのでござりましょうか」

安易すぎると、蔵人介ならば叱るであろう。

いや、その覚悟やよしと、褒めてくれるかもしれぬ。

心残りは、蔵人介の声を二度と聞けなくなることだ。

土壇《どだん》に座らされたとき、そのことを悔やむにちがいない。

「されば、失礼つかまつる」

串部は冠木門に背を向けた。

志乃と幸恵にも深く感謝しつつ、重い足取りで御納戸町から離れていった。

七

一晩中、裏長屋の張りこみをつづけたが、有村継左衛門に動きはなかった。

蔵人介は市之進と別れ、朝靄のなかを御納戸町の家に戻ってきた。

すると、岡っ引きらしき者が、門の外から様子を窺っている。

「おい、そこで何をしておる」

怒鳴りつけてやると、岡っ引きは月代を掻きながら近づいてきた。

「矢背さまであらせられますか。内与力の鶴野寛次郎さまから御伝言を預かってまいりました」

「何だ」

「へい。『同心の田尻軍兵衛を斬った者は、御家の串部六郎太にまちがいない。串部の身柄を差しだせば、これまでの不届きは水に流してやるゆえ、指図どおりにせよ。応じられぬというのであれば、一連の経緯を御奉行のお耳に入れねばならぬ』とのことにござります」

脅しだ。鳥居甲斐守の威光をちらつかせ、どうあっても串部を捕縛しようとしているのだ。

「告げ口でも何でも、勝手にいたすがよいと伝えておけ」

「よろしいので。鳥居さまは恐ろしいおひとでござんすよ」

「斬られたくなかったら、わしの目の前から消えよ」

岡っ引きは首を引っこめ、独楽鼠《こまねずみ》のように走り去る。

さて、どうしてくれようかと、蔵人介は考えた。

鶴野寛次郎のことだ。

平然と脅しを掛けられ、黙っているわけにもいくまい。

だが、そのまえに串部の所在を摑んでおく必要がある。

ふと、背後に何者かの気配を感じ、蔵人介は振りむいた。

人影はない。

旋風が土埃《つちぼこり》を巻きあげ、足許を通りぬけていく。

今宵、もうひと晩だけ、有村の動きを見張ってみるか。

蔵人介は欠伸《あくび》を嚙み殺し、冠木門を潜った。

午前中に短い睡眠をとり、起きてからは幸恵に茶漬けをつくってもらった。

茶漬けをかっこむ様子がよほどめずらしいのか、幸恵はそばを離れない。

「まるで、合戦場《かっせんば》へ向かう足軽《あしがる》のようでござりますね」

「足軽はなかろう」

そうした軽口を叩いていると、玄関先に垢抜《あかぬ》けた女が訪ねてきた。

応対から戻ってきた幸恵が、不機嫌そうに言う。

「八重歯の皓《しろ》いお方です」

「おたまか」

「どなたですか」

「金四郎《きんしろう》……いや、遠山《とおやま》さまの間者《かんじゃ》だ」

「遠山さまとは、北町奉行の遠山左衛門少尉景元《さえもんのしょうじょうかげもと》さまのことですか」

「さよう。ちと、出掛けてくる」

「どちらへ」

「さあな」

そんざいな受け答えが不満なのか、幸恵はふてくされて見送りにも出てこない。

蔵人介は大小を腰に差し、玄関から外へ出た。

おたまは遠慮したのか、門の外で待っていた。

以前より、ぐっと色気が増したようにみえる。

幸恵が悋気《りんき》を抱くのも致し方あるまい。

「金さんがお呼びです」

と、おたまは軽い調子で言った。

「行く先は」

「日本橋横山町《よこやまちょう》の『柳川《やながわ》』へ」

「泥鰌《どじょう》か」

「はい。でも、お好きなのは、丸のまま鍋にぶちこんで味噌煮にするぶち殺しのほうでしたよね」

「背開きにしたやつも嫌いではないがな」

「鬼役の旦那は歯ごたえのあるやつが好きなのだと、金さんは仰いました」

どうやら、北町奉行ではなく、金四郎として会いたいらしい。

「いつもそうでござりましょう」

おたまは妖しげに微笑み、踊るようにさきを急ぐ。

金四郎の配慮で一度は抜けたはずであったが、ふたたび、過酷な間者としての役目を担わされているらしい。

小舟を仕立てて神田川を進み、柳橋で陸にあがって、両国《りょうごく》広小路を突っ切った。横山町の『柳川』へは、以前も何度か足をはこんでいた。

おたまは店先で消え、女将が奥座敷へ案内してくれる。

金四郎は上座にどっかり座り、真っ昼間から酒を呑んでいた。

粋な匂い縞《じま》の着物を纏い、髷も鯔背《いなせ》な町人髷に結いなおしている。

「よう、久方ぶり」

「ご無沙汰しております」

「非番かい。それにしちゃ、目が赤《あけ》えな、何やら、頬も窶《やつ》れてみえるぜ」

「金四郎どののほうこそ、ずいぶんお痩せになりましたな」

「忙しすぎて休む暇もねえからさ。面倒事がつぎからつぎへと出てきやがる。困ったもんだぜ、まったく」

近頃は鳥居耀蔵以上に、水野忠邦の「忠犬」と化してしまったようにもみえる。町奉行ならば忙しいのはあたりまえだし、本来ならこんなところでくだを巻いている暇などあるまい。

「ま、一杯飲《や》ってくれ」

酒膳を寄せられたので、手酌で注いで盃を空けた。

「今日はな、おめえさんのために一席もうけたのさ」

「どういうことにござりましょう」

「同心殺しだよ。おめえのところの用人、ほら、何と言ったかな、串部とかいう膿斬り野郎が疑われているらしいじゃねえか」

「よくご存じで」

「鳥居の旦那はまだ知らねえようだぜ。どうしたわけか、おれのところの隠密廻りが囁いたのさ。鬼役がどつぼに嵌《は》まるかもしれねえとな。これも親心ってやつさ。ちったあ感謝してほしいもんだぜ」

わざわざ、串部のことで呼びだしたのだろうか。

疑っていると、金四郎はおもむろに別の用件を切りだした。

「大名や大身旗本から心付けを貰って、表沙汰にできねえ厄介事を揉み消してまわる役人がいる。もちろん、不浄役人ってなそういう生き物だし、しかつめらしく何でもかんでも取り締まるつもりはねえ。でもな、そいつは誰の命か知らねえが、おれさまの粗《あら》探しまでしていやがる。ちょっとでも隙をみせりゃ、そいつをネタに今の地位から追いおとす気でいるらしい。そんなことが許されるとおもうか。ともあれ、度が過ぎると痛い目をみるってことを、ほかの連中にもわからせなくちゃならねえ。そこでだ、おめえさんにひとつ、仕置きを頼みてえのよ」

「仰る意味がよくわかりませぬが」

「おいおい、今さら他人行儀な態度は止《よ》そうや。おめえが今までにやってきたことを、そのまんまやってくれりゃいいのさ」

金四郎がやりやすくするために、汚れ仕事を押しつけるつもりなのだ。

暗殺御用の依頼は、今までにも何度かあった。人は権力を持つと、何でも自分のおもいどおりに操りたがる。蔵人介は扱いにくい両刃の剣だが、一度手に入れてしまえば、これほど重宝な武器もない。金四郎にはそれが痛いほどわかっているので、どうにかして配下につけたがっているのだ。

「はっきりと言うぜ。そいつの名は、鶴野寛次郎だ。鳥居子飼いの鶴寛だよ。おめえさんだって、知らねえ相手じゃねえはずだ。用人の串部に目をつけてんのも、鶴寛だっていうじゃねえか。鬱陶《うっとう》しい野郎なのさ。やつはおめえが金を包めば、事をうやむやにしておさめるつもりだぜ。でもよ、金なんぞ渡すことはねえ。渡すのは引導だ。阿漕な不浄役人をひとり、あの世へおくってやりゃいいのさ。それが世のため人のためになる。しかも、おれさまが尻を持つって言ってんだ。な、一石二鳥のはなしだろう」

とうてい、江戸町奉行の口から漏れる内容とはおもえない。やはり、金四郎は権力の座についた途端、正邪の判別がつかなくなってしまったのだろう。

「鶴寛を斬ってくれりゃ、串部のことはおれのほうでどうにかする。なあに、鳥居に脅しつけられても心配はいらねえ。どうでえ、やってくれるな」

「お断り致す」

蔵人介は、きっぱり言いはなった。

権力に媚《こ》びを売るくらいなら、死んだほうがましだ。

「おめえ、断るってのか」

金四郎は眦《まなじり》を吊りあげ、さっと片膝を立てた。

ちょうどそこへ、湯気を立てた鍋が運ばれてくる。

「そいつはもういい、さげてくれ」

金四郎に怒鳴りつけられ、仲居は半べそを掻きながら出ていった。

泥鰌は食べ損なっても、鬼役の矜持だけは損ないたくない。

「どうなっても、知らねえぞ」

金四郎は吼《ほ》えあげる。

「御免」

蔵人介はやおら立ちあがり、舌打ちを背にしながら部屋を出た。

八

市之進は眸子を細めた。

日没寸前、濠の水面は一斉に燃えあがる。

――ぎっ、ぎっ、ぎっ。

櫓《ろ》を押すような鳴き声に見上げれば、夕焼け空の彼方に雁《かり》の群れが竿になって飛んでいた。

「初雁か」

葉月《はづき》もようやく終わりに近づき、秋は一日ごとに深まっていく。

人影が常世《とこよ》とのあわいに溶けこむ逢魔刻、有村継左衛門はついに動いた。

見張りについて四日目のことだ。どうしてもあきらめきれず、連日夕刻から湯島妻恋町の裏長屋を見張っていたのだ。

蔵人介は遠山に呼ばれて横山町の『柳川』に出向いたものの、泥鰌鍋を食べ損なったという。その逸話を聞いてから、三日が経っていた。

蔵人介はお役目でおらず、市之進はひとりで有村の背中を追っている。

半刻《はんとき》（一時間）近くも追ってきたであろうか。

たどりついたのは赤坂、急坂で知られる牛啼坂《うしなきざか》のたもとだった。

表伝馬町《おもてでんまちよう》二丁目の一隅に『角屋《かど》』という値の張る料理茶屋がある。

表通りから一本裏にはいった袋小路で、どんつきには定火消屋敷《じようびけし》の高い塀が聳《そび》えていた。道の両脇にも仕舞屋《しもたや》の黒塀がつづくので、入口の軒にぶらさがった軒行灯だけがやけに目立つ。

月の出は遅いので、あたりは薄暗い。

どう考えても、有村の狙いは『角屋』にまちがいなかろう。

物陰に隠れた有村から気づかれぬように、市之進もかなり後方の物陰に身を隠す。

しばらくすると、権門駕籠《けんもんかご》が一挺《ちよう》やってきた。

提灯持ちの小者《こもの》以外に供人はひとりも従《つ》いていない。だが、かなり身分の高い人物なのであろう。玄関先には迎えの者たちが飛びだしてきた。

女将の後ろに控えた男には、みおぼえがある。

「鶴寛か」

市之進はつぶやいた。

別にひとり、みおぼえのない若侍も立っている。

大年増《おおどしま》の女将が提灯を翳した。

駕籠から降りてきたのは、絹の着物を纏った偉そうな侍だ。

「父上」

若侍が一歩踏みだし、ぺこりとお辞儀をする。

「お越しいただき、申し訳ございませぬ」

「ふん、迷惑を掛けおって」

青々と剃られた若侍の月代を、父親らしき侍が平手で叩いた。

——ぺしっ。

鋭い音が夜の静寂に響く。

鶴野はみてみぬふりをし、女将は先に立って三人を玄関の内へ導いていった。

市之進には容易に想像できた。

父は井手口左内、子は数馬にちがいない。

険悪な父子の関わりを修復すべく、日頃から懇意にしている町奉行所の内与力が仲介の労をとったという筋書きのようだが、はたして、それだけが目途《もくと》なのかどうか、判然としない。

ほかに、何か目途でもあるのだろうか。

市之進は想像をめぐらしたが、ただ何となく妙だと感じただけで、明確なこたえは導きだせなかった。

どっちにしろ、仇の三人が揃った千載一遇《せんざいいちぐう》の好機を、有村が逃すはずもなかろう。

宴席に踏みこむか、それとも、見世から出てきたところを襲うか。

ふたつにひとつだが、自分なら見世から出てきたところを襲うと、市之進は考えた。

鶴野は小野《おの》派一刀《いっとう》流の免許皆伝《かいでん》だと聞いていたし、井手口父子にしても直心影《じきしんかげ》流を修めた手練だというのはわかっている。ひとりで正面から立ちあい、三人を葬るのは難しかろう。

闇に紛れて迫り、ひとりずつ刈ろうとしているのにちがいない。

おもったとおり、半刻ほど経っても有村に動く気配はなかった。

「やはり、出待《でま》ちか」

出てきた三人に襲いかかり、袋小路のどんつきへ追いつめる肚であろう。

かりに、追いつめられたとしても、三人とも葬るのは骨の折れるはなしだ。

「助太刀するか」

市之進は、本気でそうおもった。

鶴野寛次郎を斬れば、悪事の陰で泣き寝入りを強いられた人々の恨みを晴らすこともできよう。

みずからの意志で、悪党与力に引導を渡してやるのだ。

昂揚《こうよう》する気分の一方で、やはり、妙だと感じている。

何となく、居心地が悪い。

袋小路にわざと導かれたような気分なのだ。

真夜中になり、市之進の不安は的中した。

袋小路の表口へ、大勢の気配が迫ってきたのである。

「捕り方か」

気づいたときには、もう遅い。

鶴野が仕掛けた罠であった。

有村は嚢中《のうちゅう》の鼠と化しつつある。

市之進は入口に近いので、今なら逃げおおせることはできた。

だが、自分ひとりだけ逃げるわけにはいかない。危機を報せてやらねばとおもい、物陰から飛びだしかけた。

と、そのとき、凄まじい勢いで誰かが走ってきた。

「あっ」

横幅のある蟹のような体軀《たいく》、串部にほかならない。

市之進が啞然としているあいだに、眼前を通りすぎていく。

「有村、罠だ。逃げろ、早く逃げろ」

串部が叫ぶや、有村が物陰から飛びだしてきた。

と同時に、呼子《よびこ》が鳴った。

「ぬわあああ」

物々しい装束の連中が、一気呵成《かせい》に雪崩《なだ》れこんでくる。

市之進は出るに出られず、物陰から様子を窺うしかなくなった。

すぐさま、串部と有村は追いつめられた。

捕り方の数は、想像を遥かに超えている。

おそらく、五十は優に超えていよう。

それでも、ふたりは抵抗をこころみ、捕り方の囲みを破って『角屋』の表口に迫っていった。

こうなれば、仇もろとも刺しちがえてくれる。

鬼気迫る様相は捕り方を震えさせたが、見世の内にも新手が待機しており、突棒《つくぼう》や刺股《さすまた》を手にした連中が怒濤《どとう》の勢いで躍りだしてきた。

ふたりは押しもどされ、捕り方に囲まれてしまう。

「無駄な抵抗は止めよ」

見世の表口から、鶴野が颯爽《さっそう》と登場した。

内与力として、陣頭指揮を執《と》っているのだ。

「どはは、鼠ども、そこまでじゃ、神妙にいたせ」

「くそっ」

串部はさきに刀を抛り、有村もそれにしたがった。

「それっ、縄を打て」

捕り方が殺到し、ふたりは撲《なぐ》る蹴るの暴行をくわえられたあげく、後ろ手に引っ括《くく》られた。

地べたに座らせられ、おたがいに目と目でうなずき合う。

十数年ぶりの再会であった。

何故、串部が助っ人に来たのか、有村にしてみれば不思議で仕方なかろう。だが、何もかも一瞬で理解できたような表情にもみえる。会話はなくとも、通じあうものがあるのだ。

鶴野の後ろから、井手口父子があらわれた。

「わが藩の家臣たちを斬ったのは、どっちだ」

父の左内は眦を吊りあげる。

「それがしにござる」

名乗りでた有村のもとへ、大股で歩みよった。

「数馬の命も狙ったのか」

詰問され、有村は堂々と胸を張る。

「ご子息は腐れ外道《げどう》にござる。生かしておいては、世のためになりませぬ」

「おぬし、みたことのある面だな」

「おもいだされたか。二年前、井手口さまに人斬りの密命を下された有村継左衛門にござる」

「ふん、密命を果たさずに逃げた腰抜けめ。出奔の罪は重いぞ」

「承知しており申す。お縄を頂戴する以上、お白洲《しらす》で何もかも包み隠さず申しあげる所存でおります」

「何もかもだと」

「ご子息のおこなった凶行は無論のこと、井手口さまの卑劣な行状《ぎょうじょう》もすべて白《はく》日《じつ》の下《もと》に晒されましょう。ただし、そちらの御仁は何ひとつ関わりありませぬ。どうか、お縄を解いていただきたい」

串部が慌てて否定した。

「いや、待て。有村よ、ひとりで罪をかぶるな。そちは何ひとつ悪くない」

「串部さま、かようなかたちで再会したくはありませなんだ。されど、拙者のやったことは人斬りにござります。たとい、相手が悪辣非道な輩であっても、人を斬ったことの責めは負わねばなりませぬ。串部さまを巻きこみたくはないのです」

「水臭いことを抜かすな。継之助のことはどうするのだ。おぬしにはまだ、父として教えねばならぬことがいくらでもあろう」

串部のことばに、有村は涙ぐむ。

井手口が殺気を帯び、声を荒らげた。

「おぬしら、言いたいことはそれだけか」

刀の柄に手を添えるや、抜き打ちの一刀を振りおろす。

――ぶん。

刃音が唸った。

「むっ」

有村は首筋を斬られ、鮮血を噴きあげながら後ろに倒れる。

周囲はしんと静まりかえった。

「有村、有村……」

串部の絶叫だけが袋小路に木霊《こだま》する。

市之進に打つ手はない。

口惜《くや》しくとも、遠目から眺めるしかなかった。

九

笹之間で昼餉の毒味御用を終えたころ、中奥では見掛けぬ表坊主《おもてぼうず》が訪ねてきた。

誰からとも言わず、表向《おもてむき》の目付部屋へ伺候《しこう》するようにと、からくり人形のごとき表情と仕種で言伝を置いていく。

市之進から串部が捕えられたことを聞いていたので、おそらくはその件であろうと蔵人介は直感した。赤坂の袋小路で捕り物があったのは一昨夜のことなので、そろそろ上から呼びだしが掛かるころだろうと待ちかまえていたのだ。

呼びだした相手によって、蔵人介のあつかいは左右される。

相手が四角四面の目付衆ならば無駄な抵抗はせず、どのような沙汰も素直に受ける覚悟はできていた。一方、別の人物が何らかの思惑を秘めて呼びだしたのであれば、助かる余地は少しだけ残されている。

別の人物とは、鳥居甲斐守のことだ。

江戸町奉行の詰席は芙蓉《ふよう》之間だが、鳥居が密談のために目付部屋を借りうけたのだとすれば、串部の命を救う手だてはまだある。

蔵人介は砥粉《とのこ》色の熨斗《のし》目に墨染《すみぞ》め霰《あられ》小紋《こもん》の裃《かみしも》を纏い、中奥の連中に気づかれぬように土圭《とけい》之間を通りすぎた。

ここからさきは表向。右手の口奥から御錠口《おじょうぐち》にかけては老中たちの御用部屋や奥右筆《おくゆうひつ》部屋があり、廊下をまっすぐ進んださきには、桔梗《ききょう》之間、焼火《たきび》之間、芙蓉之間、雁《がん》之間、菊之間といった詰席がつづく。

さらに、紅葉之間、檜《ひのき》之間、医師《いし》溜《だまり》、蘇鉄《そてつ》之間などの詰席を経て、将軍家慶が諸侯に拝謁《はいえつ》する大広間へと達するのだが、廊下には頭を丸めた表坊主たちが忙《せわ》しなく行き交っていた。

檜之間の手前で左に曲がると、廊下から死角になる目付部屋のそばに、さきほどの表坊主が控えていた。

手招きするので向かってみると、さらに奥の隙間から目付の控部屋に導いていく。

密談に使われる部屋のひとつであろう。

表坊主は内に断りも入れず、すっと襖を開けた。

足を踏みいれた六畳間の上座には、目つきの鋭い重臣が座っている。

鳥居甲斐守であった。

茶の熨斗目に浅紫の裃を纏い、脇息《きょうそく》に左肘をついている。

蔵人介は下座に座って両手をつき、作法どおりに挨拶した。

「苦しゅうない、近《ちこ》う寄れ」

親しげにはなしかけられ、素早く膝行《しっこう》する。

たがいに刀は預けてあるので、脇差しか帯びていない。

が、相手を傷つけようとおもえば、脇差だけで充分だった。

蔵人介は部屋に一歩踏みこむなり、瞬時に武者隠しの有無を調べていた。襖の向こうに刺客が潜んでいる気配はなく、鳥居としても、まさか城内で本身は抜くまいと、高をくくっているのだろう。

「呼ばれた理由に察しはついておろう。串部とか申す用人のことじゃ」

虚仮威《こけおど》しのつもりなのか、扇子を抜いてばっと開く。

蔵人介は頭をさげた。

「はっ、甲斐守さまの御配下に捕縛されたとの由《よし》、まことにご迷惑をおかけしておりまする」

「迷惑で済めば、誰も苦労はせぬわ。串部とか申す者は、辻斬りに加担した。聞けば、下手人とは親しい仲であったという。許し難い重罪じゃ。下手人は青山家の家臣をふたりも斬り、あまつさえ、わしの配下である定廻りも斬ったのだからな。串部某とて同罪じゃ。捕縛されて牢に繋がれても、恭順《きょうじゅん》の意をしめさぬらしい。今のままなら、切腹どころか、斬首も免れまい」

脅しとはおもえぬ。鳥居ならば、あっさり命を下すであろう。

串部の命は今や、風前の灯火《ともしび》なのだ。

鳥居は扇子を閉じ、身を乗りだしてくる。

「ところで、おぬし、まだ裏の役目を担っておるのか」

蔵人介は無表情に応じた。

「仰せの意味がわかりませぬが」

「しらを切るでない。わしのみならず、御老中の水野さまとて、そのことは存じておられるはずじゃ。おぬし、御小姓組番頭であった橘右近に命じられ、奸臣とおぼしき者に引導を渡しておったのであろう。御側用人《おそばようにん》から若年寄まで、幕閣《ばっかく》の御重臣らがこれまでにも御城の内外で変死を遂げてきた。そのうちの何人かは、鬼役であるおぬしが斬ったのではあるまいかと、わしは睨んでおる」

鳥居が沈黙しても、蔵人介は慌てない。眉ひとつ動かさず、つぎのことばを待った。

「たわけめ、このわしが知らぬとでもおもうておるのか。ふん、まあよい。伏魔殿《ふくまでん》ともいうべき御城内にあっては、おぬしのごとき怪しき輩も必要じゃ。されど、橘右近は死んだ。もはや、おぬしを庇護《ひご》する者はおらぬ。わしがその気になれば、一介の鬼役なんぞ容易に葬ることはできる。のう、わかっておろう。用人の命どころか、おぬし自身の命、そして、矢背家の命運をも、この鳥居が握っておるのだぞ。そのことを踏まえたうえで申すのじゃが、おぬし、わしの子飼いにならぬか。諾《だく》と申すなら、用人のことは目を瞑ってつかわそう。無論、口先だけの約束は通用せぬぞ。諾と申すなら、さっそく、はたらいてもらわねばならぬ。やり方は任そう。ただし、仕損じることは許さぬ。相手は北町奉行じゃ」

悪い冗談であろうとおもい、相手の目を睨みつける。

「戯れてはおらぬぞ。遠山め、水野さまに取り入り、近頃ではおぼえもめでたい。目障りこのうえない男ゆえ、一刻も早く消えてほしいのじゃ」

男の悋気《りんき》ほど厄介なものはない。

蔵人介は冷静さを保つのに苦労した。

「遠山を斬れば、用人のことは不問にいたす。今日にでも解きはなちにいたそう。どうじゃ、あれこれ悩む余地はあるまい。今から、わしの犬になれ」

鳥居は勝ち誇ったように言い、血走った眸子で睨みつけてくる。

蔵人介は背筋を伸ばし、おもむろに口をひらいた。

「おはなしというのは、それだけでござりましょうか」

「何じゃと」

驚く鳥居を真正面から見据え、蔵人介は脇差の代わりに、ことばの刃を抜いた。

「鳥居さま、貴殿のお命はそれがしの掌中《しょうちゅう》にござる」

「莫迦め、大声をあげるぞ」

「どうぞ、おやりなされ。声をあげる暇もなく、首を失っておりましょう」

ぎくっとしながらも、鳥居はどうにか冷静さを保った。

「わしを斬るのか」

「いいえ」

「されば、部屋から一歩出た途端、おぬしは針の筵《むしろ》に座ることになるぞ」

「かまいませぬ。番士たちを何人けしかけようと、すべての者を片付け、鉄壁の囲みを破り、甲斐守さまの首を獲りにまいります。正直、貴殿ひとりを葬ることなど、赤子《あかご》の手を捻るよりも容易《たやす》いこと。されど、串部を解きはなちにしていただければ、命はとらぬと誓いましょう」

さしもの鳥居も迫力に呑まれ、ことばを発することができない。

蔵人介は、ここぞとばかりにたたみかけた。

「甲斐守さま、鬼役御免状はご存じか」

「いいや、知らぬ。何じゃそれは」

「『何人《なんぴと》もかの家を侵《おか》すべからず』と記された家慶公御直筆の御墨付《おすみつき》にござります」

「何じゃと」

口からでまかせを吐いたが、おもったとおり、効果は覿面《てきめん》だった。

鳥居は額に汗を滲《にじ》ませ、じっと黙りこむ。

蔵人介は立ちあがり、ずんと片膝を折敷《おりし》いた。

「今ここでお約束を。串部を解きはなっていただけますな」

鳥居は蛇に睨まれた蛙も同然になる。

「……や、約束する」

「約束を違《たが》えるようなら、通夜の仕度をせねばなりませぬぞ」

「……わ、わかった」

蔵人介は上から恫喝《どうかつ》するように睨みつけ、ふいに身を離した。

「さきほどのおはなし、聞かなかったことにいたしましょう」

「……よ、よしなに、頼む」

「されば、失礼つかまつる」

蔵人介は軽く頭をさげ、くるっと踵を返す。

廊下に出て襖を閉めても、鳥居が大声をあげる気配はない。

命懸けの脅しであったが、一度しか通用せぬ手でもあろう。

案内役の表坊主は床に額をくっつけ、顔をあげようともしない。

密室で交わされたはなしの中身はわからずとも、緊迫した情況だけは伝わったのであろう。

しかも、勝者は二百俵取りの鬼役だった。予想すらできなかったにちがいない。

飛ぶ鳥を落とす勢いの鳥居が太刀打ちできぬ相手、それが一介の鬼役であったことが信じられず、表坊主は手足の震えを止めることができないのだ。

「ご苦労」

蔵人介はひとこと発し、控部屋から離れていった。

土圭之間を通って中奥に戻り、笹之間の座り馴れた畳に座ってしばらく経っても、追っ手らしき者たちの跫音は聞こえてこなかった。

十

翌日、串部は解きはなちになった。

狐につままれたような気持ちで御納戸町の矢背家へ戻ってみると、驚いたことに冠木門は丸太で×印に閉じられている。

「……へ、閉門《へいもん》」

両膝が抜け、地べたにへたり込んだ。

そこへ、卯三郎と市之進が笑いを堪《こら》えながらやってくる。

何も言わずに、串部の脇を通りすぎ、丸太を勝手に外しはじめた。

「……あ、あの、そんなことをしたら、罰せられますぞ」

狼狽《うろた》えた串部に向かって、市之進がこたえた。

「志乃さまの命で、われわれがやりました」

「えっ、何で」

串部が阿呆面で問うたところで、冠木門が左右に開かれる。

「あっ」

門の内に、矢背家の面々が立っていた。

志乃も幸恵も吾助もおせきもおり、もちろん、蔵人介のすがたもある。

みな、普段着のままだが、にこりとも笑わない。

「莫迦者、今まで何処におった」

志乃の雷が落ちた。

串部は両手をつき、地べたに額を擦りつける。

「……も、申し訳のないことにござります。それがしの我儘《わがまま》のせいで、みなさまに多大なご迷惑をお掛けいたしました」

みなが敷居をまたぎ、串部のもとに近づいてくる。

志乃がつづけた。

「ああ、そうじゃ。矢背家は閉門になるところであったわ。鳥居某は取りまきに

『腫《は》れ物には触らぬことにする』と抜かしたそうじゃが、いつまた気が変わるともかぎらぬ。おぬしのせいじゃぞ」

「……ま、まことに、申し訳ございませぬ」

「謝って済むことではないが、まあ、死なずにおってくれたゆえ、大目にみてつかわそう」

「えっ」

串部は驚き、砂だらけの顔を持ちあげた。

みなが笑いながら、顔を覗きこんでくる。

「ようも生きておったのう。からかう相手がおらぬようになって往生したぞ。今日からまた、話し相手になってもらうでな」

志乃のことばに、串部はおいおい泣きだす。

「やっぱり、泣きおった。の、言うたとおりであろう」

幸恵や市之進は貰い泣きしていた。

強がる志乃も、目に涙を溜めている。

蔵人介は屈み、串部の肩に手を置いた。

「よう戻ったな。されど、泣いている暇はないぞ」

「えっ」

串部は目を擦《こす》り、蔵人介の袖に縋ろうとする。

「……ま、まさか」

「有村継左衛門を弔《とむら》ってやらねばなるまい」

蔵人介は平然と言ってのけた。

「……す、助太刀いただけるのですか」

「悪党を生かしておくのも忍びなかろう」

「……か、かたじけのう存じます」

「串部よ、じつはな、おぬしに会いたいと願う者たちがおる」

蔵人介が門のほうに振りむくと、卯三郎が武家の妻女と男の子を連れてきた。

波という有村の妻女、そして、忘れ形見の継之助にほかならない。

串部は口をぽかんとあけ、近づいてくるふたりをみつめた。

波と継之助は地べたに座り、両手をついてみせる。

「串部さまのことは、よう存じております。こたびは夫のために ご尽力《じんりょく》くださり、御礼のしようもござりませぬ」

「待ってくれ、わしは何もしておらぬ。それどころか、有村を見殺しにした。波どのに礼を言われる筋合いはない。顔をおあげくだされ」

波は顔を持ちあげた。

「いいえ。綾辻市之進さまから、夫の最期を伺いました。串部さまはご自分のお命を捨ててでも、夫を助けようとなさった。けっして表には出ず、陰でご尽力いただいたことも伺いました。何と御礼を申しあげたらよいものか、ことばもみつけられませぬ。夫はわたくしのために、おそのちゃんの仇を討とうとしてくれました。わたくしがあまりに嘆くものだから、それで……う、うう」

おそのとは、輪姦されて殺められた楊枝屋の娘のことだ。波は継左衛門の仇討ちに薄々勘づいていながら、止めることができなかった。そのことを悔いながら、大粒の涙を零《こぼ》すのだ。

かたわらの継之助は、泣くまいと歯を食いしばっていた。

そのすがたに串部は感極まり、洟水まで垂らしている。

「……あ、有村は……ど、どうなったのでござろうか」

遺された者たちにとって、あまりに過酷な問いかけだった。

有村は遺体となってから首を落とされ、首は鈴ケ森《すずがもり》の刑場に晒された。

「……む、酷《むご》いことを」

予想されたことではあった。

有村の遺体が遺族のもとへ戻ることはない。

波と継之助は罪人の遺族として扱われ、長屋から逐《お》われる公算も大きかった。

「おふたりのことは、わたくしのほうで何とかいたしましょう」

今は志乃のことばに縋るしかなさそうだ。

串部は拳を握りしめた。

自分だけが生きのびたことに、やりきれなさを感じているのだろう。

「串部さま、拙者に一手指南をお願いします」

継之助が、すっくと立ちあがった。

卯三郎に手渡された竹刀《しない》を構え、串部に打ちこもうとする。

「あっ」

波が叫んだ。

——ばしっ。

継之助の一撃が、串部の肩を打った。

力強さには欠けるものの、太刀筋はしっかりしている。

「よし」

串部も立ちあがった。

何故か、卯三郎は竹刀をもう一本携えている。

串部は竹刀を手渡され、青眼《せいがん》に構えた。

継之助も間合いを取り、相青眼《あい》に構える。

「わしが行司《ぎょうじ》をやろう」

蔵人介が双方のあいだに割ってはいった。

「継之助、容赦はせぬぞ」

串部が叫ぶ。

「うりゃ……っ」

継之助が頭から突っこんできた。

串部は先端を叩きおとし、男の子の肩をしたたかに打ちつける。

誰もが息を呑んだ。

継之助は転びながらも、何とか立ちあがってくる。

目に浮かんだ涙は、悔し涙であろうか。

「まだまだ」

竹刀を取り、こんどは臑を狙ってきた。

串部はひらりと躱し、上段から竹刀を振りおろす。

さすがに、からだには当てず、地面を叩きつけた。

――ばきっ。

竹刀はまっぷたつに折れ、土埃《つちぼこり》が濛々《もうもう》と舞いあがる。

「今日はここまでじゃ、継之助、また明日教えてやる」

「はい」

たぶん、父のことをおもいだしたのだろう。

継之助は母のもとに身を寄せ、大声で泣きだした。

矢背家の面々は悄然《しょうぜん》と見守るしかない。

せめてもの報いは、父の仇を討つことだ。

「殿、相手はなかなかに強うござります」

「わかっておるわ」

串部のことばに、蔵人介はうなずく。

すでに、悪党どもの居所は調べてあった。

十一

有村継左衛門が死んで自分の身が助かったとおもったのか、井手口数馬は夜な夜な岡場所へ通いだした。それゆえ、容易く拐かすことができ、数馬を餌にして父親の左内を釣りあげる算段もついた。

暦も長月《ながつき》に替わったある夜、後ろ手に縛った数馬を連れて向かったのは、人っ子ひとり見当たらない喰違御門の高台である。

「やめろ、やめてくれ」

盛り土のされた堤があるだけで、御門も築かれておらず、番士も配されていない。月のない夜は溜池の水面も漆黒に沈んでいるが、わずかな星の光に水飛沫《しぶき》が閃いてみえることもあった。

「鯉《こい》が跳ねておるのだ」

溜池は禁漁区ゆえ、肥《ふと》った鯉が悠々と泳いでいる。

数馬は猿轡《さるぐつわ》を嚙まされ、ぶるぶる身を震わせた。

おそらく、自分の殺めた娘の幽霊でもみているのだろう。

眼前には、おそのという娘を吊るした南天桐が聳《そび》えている。

何故、遺体を吊るすような酷い仕打ちをしたのかと問えば、数馬は泣きながら「鴉《からす》が突っつくさまをみたかった」と応じた。

もはや、物狂いとしか言いようがない。

死んだあとも辱《はずかし》めを受けたおそのの痛みを知るには、数馬も高い枝から吊るすしかなかった。

「はたして、父親が助けに来るかどうか」

市之進は素直な問いを口にする。

かならず来ると、蔵人介は確信していた。

不肖の息子を助けに来るのではない。大名家の重臣としての矜持が許さぬのだ。息子を拐かされることなど、ぜったいにあってはならぬ。関わった連中はひとり残らずあの世へおくってやる。そうした抑えがたい怒りの感情が、井手口左内を衝き動かすはずであった。

――ごおおん。

亥《い》ノ刻（午後十時）を報せる鐘が鳴っている。

土手下の暗がりに、四つの人影があらわれた。

「刻限どおりでござりますな」

串部は眸子をぎらつかせ、獲物を捉えて離さない。

目の前で有村を斬られたのだ。恨みを晴らすまでは、死んでも死にきれないとおもっている。

「さすがに、ひとりでは不安とみえる。供人を三人も連れてきましたね」

予想の範疇《はんちゅう》だ。

市之進はやる気をみせ、指の節をぽきぽき鳴らしはじめた。

井手口左内は大股で近づくや、南天桐に吊るされた息子を振りあおぐ。

「あの莫迦が」

その声に気づいたのか、数馬は眸子を瞠って足をばたつかせた。

縄がぐいぐい手首に食いこみ、痛みで気を失いかける。

蔵人介は声を張りあげた。

「あの木から遺体となった娘が吊るされた。やったのはおぬしの息子と死んだふたりの悪仲間だ。おぬしは悪辣非道なおこないに目を瞑ったばかりか、不浄役人を抱きこんで息子の凶行を隠蔽した。その罪は、息子以上に重い」

「黙れ、おぬしは何者だ」

「名乗る必要はない」

「わかったぞ。そこにおる死に損ないの主人だな。たしか、鬼役であったか。何故、毒味役風情がかような無謀をする」

「無謀とは」

蔵人介が首をかしげると、左内は呆れた顔をする。

「このわしに刃向かうことが無謀と申しておるのだ。ふん、おとなしくお城に出仕しておればよいものを。何故、おぬしが首を突っこまねばならぬのだ」

「人は罪を犯したら償わねばならぬ。償う気のない者には、地獄をみせてやらねばなるまい」

「おぬし、閻魔大王の使わしめか」

「なるほど、そう受けとってもらってもかまわぬ」

「笑止千万《しょうしせんばん》じゃ。返り討ちにしてくれるわ」

「そのまえに、息子を下ろしてやったらどうだ」

「黙れ、下郎《げろう》」

左内が険しい顔で顎をしゃくると、三人の配下が動いた。

縄目から解放された数馬は、ぐったりして起きあがることもできない。

「鬼役め、覚悟はできていような」

「無論でござる」

「よしっ、ならばあの世へおくってつかわそう。それっ、鬼役を血祭りにあげよ」

左内は吼えた。

三人の配下が刀を抜き、間合いを詰めてくる。

蔵人介は身を屈め、素早く三人のもとへ迫った。

「とあっ」

突いてくるひとり目の首筋に手刀を叩きこみ、腰の刀を抜きはなつ。

抜いた刀を峰に返し、ふたり目の眉間を割った。

「ぎぇっ」

狼狽える三人目の鳩尾《みぞおち》には、刀の柄頭を突っこむ。

「ぬぐっ」

流れるような動きだ。

おそらく、みている者は瞬きをする暇もなかったであろう。

蔵人介の刀はすでに鞘の内にあり、足許には三人の配下が白目を剥いている。

さすがの井手口左内も仰天した。

が、みずからも直心影流の免許皆伝だけに、並々ならぬ度胸を備えている。
「うおっ」
唸りあげ、刀を抜いた。
と、そこへ、真横から電光石火《でんこうせっか》、人影がひとつ走りよる。
串部であった。
地を這うように迫り、両刃の同田貫を閃かす。
「なはっ」
一陣の風が吹きぬけたあとには、悪党の臑が二本残された。
肥えた胴は地べたに倒れ、必死に生きようと藻掻いている。
串部はゆっくり舞いもどり、とどめの一刀を背中に刺した。
「ぐえっ」
潰れ蛙のごとき悲鳴をあげ、井手口左内はことされた。
父親の断末魔《だんまつま》の叫びを聞きながら、数馬は走って逃れようとする。
足を縺《もつ》れさせたそのさきには、市之進が待ちかまえていた。
鬼と化した市之進は数馬の背後にまわりこみ、喉首に腕を絡ませる。
頭と顎を両手で押さえ、力任せに捻った。

——ぐきっ。

首の骨が折れたにちがいない。

数馬は血泡を吹き、力無く頽《くずお》れていく。

「終わったな」

おそのの霊がこれで浮かばれるとはおもえぬが、ともかくも理不尽な死を迎えた者たちの恨みを晴らすことはできた。

「何やら、虚《むな》しゅうござる」

串部はぽつんと漏らす。

確かに、悪党を何人葬ったところで、会いたい人たちは還《かえ》ってこない。

「詮無《せんな》いことよ」

蔵人介は、淋しげにこぼすしかなかった。

十二

鶴野寛次郎は鳥居の密命を帯び、遠山の命を狙っている。

その情報をもたらしたのは、遠山の間者に戻されたおたまだった。

情報を流す意図はよくわからぬが、この機を利用しない手はない。

遠山が「金四郎」として足繁く通う見世をこっそり教えてやれば、鶴寛を誘いだすことはできよう。

「つまり、遠山さまを餌に使うと仰るので。ふふ、おもしろうござる」

串部は不敵に笑ったが、鶴寛については蔵人介ひとりで決着をつける肚でいる。

容易ならざる相手だ。串部や市之進を連れていき、闇雲に暴走されたくはない。

さしもの蔵人介でも、気を集中しなければ勝てる相手ではなかった。

おたまは色気も使い、鶴寛をまんまと誘いだした。

「暮れ六つ、この辺りにやってまいりますよ」

金四郎の行き先を、こっそり教えてやったというのだ。

露地裏のさきには、造作《ぞうさく》の洒落《しゃれ》た仕舞屋《しもたや》がみえる。

軒行燈には『万千世』とあるものの、おそらく、金四郎もおたまも知らぬ見世であろう。

蔵人介も知らない。わかっているのは、ここが薬研堀の一角ということだけだ。

後ろには大川が滔々《とうとう》と流れ、夕照の名残《なごり》を呑みこんでいく。

約束の夕刻、鶴寛こと鶴野寛次郎はひとりでやってきた。

よほど腕に自信があるのだろう。

鳥居の密命を果たせば、華々しい出世が期待できる。

町奉行の確乎《かっこ》たる後ろ盾さえあれば、今まで以上に悪さをし易くもなろう。

頭のなかは、打算でいっぱいのはずだ。

鶴寛は露地裏を進んで軒行燈の前に立ち、ふうっと長い息を吐いた。

金四郎は内に居ると、おもいこんでいる。

さすがに、緊張もするだろう。

相手は江戸という町の頂点に君臨する人物なのだ。

蔵人介は気配を消し、鶴寛の背後に迫った。

「そこに獲物はおらぬぞ」

声を掛けると、腐れ与力は苦虫を嚙みつぶしたような顔になる。

「ん、おぬし、鬼役か」

「さよう、残念だったな」

「嵌《は》めたのか」

「まあ、そういうことだ」

「そう言えば、喰違御門前で小汚い臑を二本みつけた。あれは、うぬらの仕業か」

「知らぬな」

「わしを斬る気か」

「ああ」

「できるかな」

鶴寛は殺気を放ち、腰の刀を抜いた。

「刃引刀《はびきとう》ではないぞ」

「わかっておる」

蔵人介は抜かず、じりっと爪先を躙《にじ》りよせる。

「田宮流抜刀術か。一度、正月の御前試合でおぬしの演武をみたことがある。されど、演武は演武、修羅場で通用するかどうかは別のはなしだ」

「ためしてみるがよい」

「ふふ、たいした自信だな。されど、わしの斬り落としに、居合は通用せぬ」

鶴寛は大上段に刀を振りあげ、一間の間合いまで詰めてくる。

一歩長で刀の届く間合いから内へ、なかなか詰めてこない。

やはり、居合の恐さを知っているのだろう。

じりじりとした刻が過ぎていった。

ふたりとも石像のように動かず、呼吸すらも聞こえてこない。
——ぎっ、ぎっ。
遠くに聞こえた雁《かり》が音《ね》が誘い水になった。
「はあっ」
鶴寛が斬りつけてくる。
蔵人介は避けもせず、倒れこむように身を寄せた。
ずんと片膝を折敷き、同時に抜刀する。
——ばすっ。
ふたつの影は擦れちがい、固まったまま動かない。
鶴寛は一歩二歩と進み、身を捻ってこちらに笑いかけた。
「かっ」
口から血を吐き、ばったり倒れこむ。
名刀鳴狐は脾腹《ひばら》を深々と裂いていた。
蔵人介は血振りを済ませ、素早く納刀する。
そして、後ろもみずに歩きはじめた。
おたまは、何処にもいない。

辻をふたつほど曲がると、青提灯が浮かんでみえる。

青提灯には、朱文字で『お福』と書かれてあった。

縄暖簾を振りわければ、常連客たちがすでにできあがっている。

「あっ、お殿さま、どうぞこちらへ」

いつにも増して艶めいてみえるおふくが、明樽のひとつに招いてくれた。

「殿、さきにやっておりました」

串部と市之進が、楽しげに酒を酌みかわしている。

蔵人介も今宵にかぎっては、心の底から酒を呑みたくなった。

おふくに酌をされて盃を干すと、熱いものが五臓六腑《ごぞうろっぷ》に沁《し》みわたる。

そこへ、招かざる客がやってきた。

金四郎だ。

遊び人風の装いなので、江戸町奉行だと気づく者もいない。

おふくもそれと気づかず、一見《いちげん》の客に接するように愛想笑いを浮かべた。

「おれも仲間に入れてくれ」

無理に座ろうとすると、市之進がさっと明樽を譲った。

「お、すまねえな。おめえはたしか」

「徒目付の綾辻市之進にござります」

「おお、そうだ。鬼役の義弟だったな。おぼえておくぜ」

「はっ」

金四郎は市之進に酒を注がれ、上機嫌で盃を干した。

そして、蔵人介に向かって、酒臭い口を近づける。

「さすがだな、やってくれるとおもっていたぜ」

蔵人介は仏頂面《ぶっちょうづら》で応じず、盃に注いだ酒を顔色も変えずに舐めた。

「今日からおめえさんは、おれの仲間だ。そうおもっていいんだろう」

あてのくしこが差しだされてくる。

金四郎はくしこを食い、満足げに微笑んだ。

「女将、こいつは美味え。酒も美味えし、申し分のねえ見世だぜ」

蔵人介が、ふいに顔を寄せた。

「金四郎さん、ここはあんたの来るところではない」

「何だと」

ふたりのあいだに緊迫した空気が流れ、おふくやほかの連中はすっと離れていく。

蔵人介は一段と声を落とし、金四郎に囁いた。

「あんたのために殺ったのではない」

「わかっているさ。世のため人のためだろう」

「いいや、それもちがう。きれいごとを言うつもりはない。ともあれ、その盃を空にしたら、出てってくれ」

隠然とした迫力に気圧《けお》されたのか、金四郎は盃を置いた。

「女将、また来るぜ」

銭を置こうとした手首を掴み、ぎゅっと握ってやった。

「お代はいらぬ」

「……く、くそっ、放しやがれ」

言われたとおりに放してやると、金四郎は蒼醒《あおざ》めた顔で手首を擦る。

「おれはあきらめねえぞ。おめえを配下にくわえるまではなあ」

江戸町奉行の捨て台詞は、見世の喧噪《けんそう》に呑みこまれてしまう。

金四郎は去った。

市之進はしばし呆然としていたが、溜息を吐きながら席に戻った。

「さあ、験《げん》直しとまいりましょう」

串部が陽気に発し、酒を注いでくれる。

「そう言えば、おぬし……」

羊遊斎の柘植櫛は、おふくに贈ったのか。

それだけは聞いておかねばなるまいと、蔵人介はおもった。

人参《にんじん》騒動

一

菊の香る季節になった。

内桜田《うちさくらだ》御門前に立つと、橘右近が自刃を遂げた一年前の壮絶な光景を思い出す。登城にのぞむ水野忠邦に向かって「徳川家のいやさかを祈念いたしまする」と発し、みずからの死をもって御政道の過ちを正そうとしたのだ。忠邦には一顧《いっこ》だにされぬ虚しい訴えであったが、橘の遺志はひしひしと伝わった。介錯《かいしゃく》を仰せつかった蔵人介のなかには、忠臣の心意気が今も脈々と息づいている。

「長月二十三日のことでしたな」

串部もかたわらで、しんみりとつぶやいた。

橘が亡くなった翌月、神無月《かんなづき》七日の夜、蔵人介は城中深奥《しんおう》の御用之間へ足を忍ばせた。橘から何度となく密命を与えられた隠し部屋には誰もおらず、一輪の白い橘と短冊《たんざく》が置いてあった。

――季節外れの橘一輪、千紫万紅《せんしばんこう》を償いて余れり

短冊に綴られた文の筆跡は、公方家慶のものにまちがいなかった。

家慶は橘の死を悼《いた》み、追善《ついぜん》の気持ちを歌に託したのだ。

徳川幕府開闢《かいびゃく》のころ、大権現家康《だいごんげんいえやす》は格別に手柄のあった御側衆《おそばしゅう》のひとりに、徳川家を未来永劫《えいごう》にわたって陰で支える役目を負わせた。

その際、直々に御墨付を与えたという。

――何人《なんぴと》もかの家を侵すべからず。

奸臣成敗という困難な役目を秘かに申しつけられた家こそが、橘家であった。

家康の御墨付には、つづきがある。

――橘家は策《さく》をもって仕えよ。剣をもって仕える家と、間《かん》をもって仕える家を配下に置け。

間をもって仕える家は公人朝夕人《くにんちょうじゃくにん》の土田《つちだ》家、剣をもって仕える家は高家《こうけ》の吉良《きら》家であったが、赤穂《あこう》浪士の討ち入りで吉良家が改易となったのちの宝永《ほうえい》四年、とき

の老中首座であった秋元但馬守喬知《あきもとたじまのかみたかとも》の推挙《すいきょ》によって、将軍家毒味役の矢背家が引き継ぐこととなった。

そうした由緒も、御墨付の効力も、橘亡き後は失われるものとおもわれたが、新たに家慶から御墨付を与えられ、橘の遺志を引き継ぐ者があらわれた。

家斉、家慶の二代にわたって大奥の筆頭老女をつとめた万里小路局《までのこうじのつぼね》である。

今は落飾《らくしょく》して如心尼《じょしんに》と名乗り、日比谷《ひびや》御門外にある桜田御用屋敷の差配役に任じられていた。

「一即一切《いっそくいっさい》、一切即一、一入一切《いちにゅういっさい》、一切入一……」

消え入るような華厳経《けごんきょう》の一節が耳に聞こえてくると、蔵人介はいつも重苦しい気持ちにさせられる。

色白の若い尼僧《にそう》が何処からともなくあらわれ、六文銭を手渡そうとするからだ。

尼僧の名は里《さと》、如心尼に仕える忍びにほかならない。

六文銭を受けとれば、誰かを斬らねばならなくなる。業を背負うことの辛さが橘のときよりもいっそう強く感じられ、里の背に従《つ》いていくのも苦痛だった。それでも、気づいてみれば、市井《しせい》の者たちから「城外の大奥」と揶揄《やゆ》される桜田御用屋敷の唐門《からもん》を潜っている。

商人はまだしも、侍の来訪は皆無に等しい。何しろ、ここは公方の側室だった「おしとねすべり」と呼ばれる大奥女中たちが暮らす隠居屋敷なのだ。

広い庭には瓢簞《ひょうたん》池なども見受けられ、池には朱の太鼓橋が架かっている。橋を渡ったさきは竹垣に囲まれ、茶室のような柿葺《こけらぶ》きの庵が佇んでおり、入口の軒下には「如心」と書かれた扁額が掛かっていた。

如心《じょしん》とはどうやら、心のままにというほどの意味らしい。

狭い玄関口を抜けて廊下にあがり、どんつきを三つほど曲がると、坪庭をのぞむ八畳間に達する。主従は里に誘われて部屋にはいり、蔵人介は下座に、串部は廊下に腰を落ち着けた。

書院造りの床の間に目を向ければ、壁には観音菩薩の描かれた軸が掛けられ、煤竹《すすだけ》でつくった花入れには吾亦紅《われもこう》と美男葛《びなんかずら》の実が生けてある。庭にはどちらも咲いていないので、野面か土手で摘んできたのだろう。

「御屋形さまが今朝方、お摘みになったのですよ」

と、里が教えてくれた。

欄間《らんま》には龍の透かし彫りがほどこされ、釘隠しの模様は葵《あおい》の紋で統一されている。書院に置かれた文筥《ふばこ》の蓋にも、葵の紋が金泥《こんでい》で描かれていた。よほど身分の高い女官でなければ、こうした造作や調度は許されぬ。

如心尼は大納言池尻暉房《だいなごんいけがみてるふさ》の娘で、家慶の正妻に定められた喬子《たかこ》女王の世話役として京から江戸へ下り、家慶が将軍になると将軍付上臈御年寄《じょうろうおとしより》となった。三年近くも筆頭老女をつとめたが、天保十一年正月、喬子の薨去《こうきょ》にともなって、惜しまれつつも桜田御用屋敷へ下野《げや》することとなった。

今でも大奥の女官たちからは「までさま」と親しげに呼ばれ、崇敬を集めており、大奥の実力者である姉小路《あねがこうじ》とも良好な関わりを保っている。されども、橘右近の遺志を継ぐ者が如心尼であることに気づいている者は幕閣《ばっかく》におらず、蔵人介との繋がりを勘ぐる者もいない。

里が茶ではなく、酒膳を運んでくる。

肴《さかな》はかぶら骨を千切りにして梅酢で和《あ》えた一品だけだが、目にしただけで唾が滲んできた。かぶら骨は、鯨の頭の軟骨だ。

一方、串部に酒膳の用意はなく、茶が出される気配もない。

串部が羨ましげに唾を呑んだところへ、音も無く襖が開いた。

白檀《びゃくだん》の香とともに登場したのは、ふくよかで美しい尼僧である。

如心尼さま……と、蔵人介は心のなかで呼びかけた。

白い頭巾をかぶった顔に施《ほどこ》された化粧は薄いものの、齢は容易に判断しがたい。還暦そこそこと聞いていたが、四十に届かぬほどにもみえる。

如心尼が上座におさまると、里が香煎《こうせん》を運んできた。

香煎は、炒《い》り米に陳皮《ちんぴ》や茴香《ういきょう》や粉山椒《こさんしょう》を混ぜ、熱湯で溶かしてつくる。飲めば口中爽快となり、胃にも優しい。

如心尼は香煎をひと口ふくみ、滑らかな口調で喋りはじめた。

「久方ぶりじゃのう、息災《そくさい》にしておったか」

「はっ、如心尼さまにおかれましても……」

「ふふ、世辞はよい。おぬしには似合わぬ」

「はっ」

「灘《なだ》の富士見酒じゃ。遠慮せずに嗜《たしな》むがよい。里、注いでおあげ」

注がれた酒をひと息に呷《あお》り、蔵人介は盃をことりと置く。

「その仕種、何とのう、棘《とげ》があるのう。橘さまの一周忌も、もうすぐじゃ。されど、そなたはいっこうに心を開こうとせぬ。それ、その仏頂面」

「畏れながら、仏頂面は生まれつきにござります」

「いいや、心のありようは面《おもて》に出る。わらわでは不満なのか」

「けっして、そのようなことは」

「不満でなければ、いかような命でも果たしてくれような」

家慶の御墨付を持つ如心尼を信じぬわけではなかった。だが、密命を受けいれる自信が今ひとつない。拒むことは許されぬにしても、御役目として受けいれる素地がまだできていないように感じていた。

もっとも、橘のときも当初はそうであった。長いあいだ仕えることでしか、絆《きずな》のようなものは生まれてこない。

「そなたに、おもしろいものをみせよう」

里が奥へ引っこみ、三方に何かを載せてくる。

布に包まれているが、大根のような形状であることはわかった。

「布を解いてみよ」

言われたとおりにすると、やはり、植物の根茎《こんけい》らしきものがあらわれる。

「何じゃとおもう」

「はて」

ふたつのものが脳裏に浮かんだ。

ひとつは、かなり年数の経った高麗人参である。

そして、もうひとつは、黒い種子が「ぬばたま」と称される檜扇《ひおうぎ》の根茎であった。

「かたちが赤子のようにみえぬか」

「みえますすな。ものの本で読んだことがございます。千年を経た高麗人参は、赤子のかたちに似てくると。されども、秦《しん》の始皇帝《しこうてい》も欲したという千年人参がこの世に実在すれば、とんでもない価値になりましょう」

「さすれば、それはちがうと申すか」

「おそらく、これは檜扇の根茎かとおもわれます。土中に深く埋まっており、人の手で抜こうとすれば、赤子のように泣いて抗うとか」

「さすがじゃ、よくぞ言い当てた。檜扇の根は不老長寿の生薬《しょうやく》じゃと、それをくださったお方が言うておられたぞ」

「もしや、そのお方とは侍でしょうか」

「そうじゃ。おぬし以外の侍も、隠密裡《り》にわらわのもとを訪ねてくる。こたびの命は、そのお方に頼まれたものでな」

まさか、不老長寿の妙薬を贈答された見返りに、暗殺御用を引きうけたのではあるまいなとでも言いたげに、蔵人介は鋭い眸子《まなこ》で如心尼を睨みつける。

「恐ろしい目を向けるでないぞ。まだ受けたわけではないのじゃ。受けるか否かは、きちんと悪事の証拠《あかし》を握ったうえでのことじゃ。されど、狙う相手の名は伝えておかねばなるまい。よいか、申すぞ」

拒むわけにもいかず、蔵人介は黙りこむ。

「会津《あいづ》藩御勝手《かって》方大締《かたおおしめ》、増谷《ますや》鼎《かなえ》と申す奸臣《かんしん》じゃ」

奸臣かどうかは、まだ決まったわけではない。だが、如心尼は依頼主のことばをすっかり信じきっている。危ういのは、そういう安易さなのだ。橘ならば、まず、依頼主を疑ってかかったに相違ない。

「わざわざおみえになったのは同藩御側用人《おそばようにん》の国見調所《くにみずしょ》どのでな、わらわとは長いつきあいで、信のおけるお方じゃ。じつは、国見どのに頼まれ、宿下がりになった大奥奉公の娘を、家臣のひとりに娶《めあわ》せたことがあった。十余年もむかしのはなしじゃ。その家臣というのが増谷鼎でな、当時は将来を嘱望《しょくぼう》された若侍であったが、国見どのの引きもあってとんとん拍子に出世をかさねたあげく、藩にとって厄介至《し》極《ごく》な奸臣になりさがってしまったらしい」

ところが、会津藩二十八万石の藩財政を掌握できる立場ゆえ、さしもの国見もおいそれと手が出せぬ。そこで、どうにかならぬかと、如心尼に泣きついてきたという経緯であった。

蔵人介は、ぐっと眉根を寄せる。

はっきりさせねばならぬことがふたつあった。ひとつは、奸臣成敗の隠密御用は口外無用のはずなのに、何故、国見なる会津藩の重臣が如心尼のもとを訪ねてきたのかということだ。さらにもうひとつは、何故、会津藩内のごたごたを如心尼が裁かねばならぬのかということであった。

「つい先だって、会津侯《あいづこう》が御詰席の溜《たまり》之間にて、井伊掃部頭《いいかもんのかみ》さまから耳よりのはなしをお聞きになった。『藩内で揉め事を察知したら、芽の内に摘ねばならぬ。どうしても困ったときは、桜田御用屋敷を訪ねてみるがよかろう』と、上様が掃部頭さまに耳打ちなされたらしいのじゃ。掃部頭さまは、水野一派の圧力に屈して御大老《たいろう》の座を逐《お》われたばかり、さぞや傷心の身であろうと、上様が気を遣ったのやもしれぬ」

不用意とも言うべき家慶の囁きが溜之間に列する親藩《しんぱん》や譜代大名のあいだにひろまり、会津侯から同藩側用人である国見の耳にもはいった。それゆえ、如心尼を知る国見は渡りに船と考え、駄目元で桜田御用屋敷を訪ねてきたというのである。

「国見どのも当初は本音を隠しておった。藩内の不祥事が露見《ろけん》すれば、藩そのものが罰を受けねばならぬやもしれぬゆえな。それでも、わらわに縋《すが》らざるを得ぬほど、切羽《せっぱ》詰まっておいでなのじゃ。しかも、増谷鼎は幕府のしかるべき重臣と裏で通じており、巧みに悪事の隠蔽をはかっておるという。それが誰かもわかっておらぬゆえ、国見どのは膿《うみ》を出したくとも容易に動けぬ」

「さすれば、増谷某と通じる幕府重臣をも成敗せねばならぬということにござりましょうか」

「無論、そうなるであろうの」

「いったい、増谷某はどのような悪事をはたらいておるというのです」

「生薬の騙《かた》り売りじゃ。増谷は会津産の和人参を横流ししている。卸元《おろしもと》の買い手はそれを高麗人参と偽り、十倍の値で下々《しもじも》に売っているとか。それがまことなら、見過ごすことなどできまい。江戸に住む人々の暮らしそのものに関わってくるはなしゆえな」

如心尼は、ほっと溜息を吐く。

「じつはな、増谷と娶せたおよしという娘は、今から七年前に逝ってしもうたのじゃ。それは気立ての良い娘でな、心の底から幸せになってほしいと願って嫁がせた。まんがいち、非道な不忠者《ふちゅうもの》のもとへ嫁がせたのだとしたら、わらわは責めを負わねばならぬ。およしの御霊《みたま》にきちんと報いるためにも、この件は放っておくことができぬ。情として忍びがたきことなのじゃ。蔵人介よ、わかってくれるな」

親しげに名を呼ばれても、心は動かない。

むしろ、密命を下す者が情に流される危うさを感じていた。

「公人朝夕人にも伝えてある。よしなにな」

如心尼は冷めた香煎を啜り、ふわりと立ちあがった。

分厚い裾を畳に擦りながら、開いた襖の向こうへ去っていく。

後ろ姿を目で追うこともなく、蔵人介は観音菩薩をじっと睨んでいた。

二

長月九日。

重陽《ちょうよう》の節句になると、町中に菊の鉢が溢れだす。

芝露月町《しばろうげっちょう》の裏長屋でも、大家が増上寺《ぞうじょうじ》の境内で買いもとめてきたのか、けっこう見栄えのする菊の鉢植えが木戸の脇に並んでいた。

「おら、退《ど》け退け」

柄の悪い連中が鉢植えを蹴倒し、どぶ板を踏みしめて奥の部屋へ進んでいく。

「風間半平太《かざまはんぺいた》さまの部屋は何処だ。お、そこか」

呼ばれて出てきたのは、五分《ごぶ》月代の貧相な浪人者だ。

薄暗い部屋からは、内儀らしき女の空咳が聞こえてくる。

息を吸うときに漏れる鞴《ふいご》のような音を聞けば、長らく胸を患っていることは誰にでもすぐにわかった。

「けっ、ひでえ労咳《ろうがい》病みだな。風間の旦那、お約束どおり、剃刀《かみそり》の伊佐治《いさじ》が高麗人参を探してめえりやしたぜ。なかなか手にへえらねえ唐渡りの代物《しろもの》でね、うちの潮七郎《ちょうしちろう》親分も垂涎《すいぜん》のお品だって太鼓判を押しておりやした」

剃刀の伊佐治と名乗る破落戸《ごろつき》は、懐中から桐の箱を出してみせる。

箱の蓋をそっと開けると、生薬の匂いとともに人参がみえた。

風間は落ち窪んだ眸子を瞠り、尖った喉仏《のどぼとけ》を上下させる。

「旦那、これだけ肥った人参だ。もちろん、値は張りやす。ほんでも、効き目のほうは仰天ものでやんすよ」

「ああ、わかっておる」

「いいや、旦那は何ひとつわかっちゃいねえ。でえち、二十両もの大金は出せねえんでしょう」

風間は沈黙した。

その様子を、蔵人介と串部は木戸脇から眺めている。

公人朝夕人の土田伝右衛門《でんえもん》に連れられ、さきほど露地裏に足を踏みいれたのだ。

公人朝夕人は公方が尿意を告げたとき、いちもつを摘んで竹の尿筒《しとづつ》をあてがう。それが表の役目で、裏の役目はほかにあった。伝右衛門は十人扶持の軽輩《けいはい》にすぎぬものの、武芸百般に通暁《つうぎょう》し、公方家慶を守る最大にして最強の盾となる。そして、土田家こそが大権現家康の御墨付にある「間をもって仕える家」にほかならなかった。

その伝右衛門が何故か、裏長屋へ鬼役主従を誘った。

風間家の周囲は、緊迫した様相に変わっている。

齢十二、三ほどの娘が、部屋から泣きながら出てきた。

伊佐治は野卑《やひ》な笑みを浮かべる。

「風間の旦那、娘さんの名は何と仰るんで」

「吉《きち》だ」

「ほう、吉か。そいつはいいや。武家の未通娘《おぼこ》は岡場所で高く売れる。すぐさま稼ぎ頭になって、親孝行ができやすぜ。今日が娘にとって吉の日になるってわけだ。

ひゃは、ひゃはは」

引き攣《つ》ったように笑う小悪党の喉仏を潰してやりたい衝動に駆られた。

蔵人介たちは目配せし、のっそり長屋のなかへ踏みこんでいく。

破落戸連中は伊佐治のほかに四人いた。ひとりは異様に図体が大きい。たぶん、力士くずれだろう。

蔵人介と伝右衛門は途中で歩《ほ》を止め、串部だけが先行する。

破落戸どもが気づいた。

「何でえ、てめえは」

伊佐治が串部に食《く》ってかかる。

串部はこたえず、道端に転がる心張棒《しんばりぼう》を拾いあげた。

大股で近づくと、伊佐治が懐中に呑んでいた匕首《あいくち》を抜く。

手下の三人も匕首を抜き、力士くずれだけは蹲踞《そんきょ》の姿勢で身構えた。

五間《けん》ほどまで迫り、ようやく串部は立ち止まる。

「おぬしら、貧乏人を騙《だま》すのは止めたほうがよいぞ」

「何だと、おれたちが騙りだってのか」

「ひらきなおるな。そいつは会津産の和人参であろうが。いくらなんでも、二十両の値はつくまい」

風間は驚き、娘の身柄を奪いかえそうとする。

だが、一歩遅かった。

伊佐治が娘の腕を握って引きよせる。

「ふへへ、そうは烏賊《いか》の睾丸《きんたま》だ。娘は貰っていくぜ」

「止めておけ。怪我をしたくなかったら、言うことを聞くのだ」

「そら、おめえ、こっちの台詞だろうが」

伊佐治は串部に食ってかかる。

「邪魔するんなら、覚悟してもらうぜ」

「よし、覚悟したから掛かってこい」

串部の堂々とした態度に面食らいつつも、伊佐治は前歯を剝いてみせた。

「おめえ、そこにいるやつが誰だか知ってんのか。瘤頭《こぶあたま》の萬三《まんぞう》だぜ。上覧《じょうらん》相撲で関脇《せきわけ》までやった相撲取りさ」

「どうりで、固そうなでこだな。ならば、おぬしから片付けようか」

「こんにゃろ」

萬三はどすん、どすんと四股《しこ》を踏み、低い姿勢で土を蹴った。

土煙を巻きあげ、頭から突っこんでくる。

「おっと」

串部は真横に跳び、ぶちかましを躱した。

振りむいた萬三の眼前で身を沈め、心張棒を地に這わせるや、相手の臑をしたたかに打った。

「あぎゃっ」

萬三は巨体を縮めて転げまわる。

弁慶の泣き所を折られ、平気でいられる者はいない。

「弱すぎるな。まことに関脇だったのか」

「くそっ、しゃらくせえ」

手下の三人が、一斉に躍りかかってきた。

串部は素早く動き、三人の臑をつぎつぎに折ってみせる。

ひとり残った伊佐治は怯《おび》えつつも、娘の吉を盾に取ろうとした。

つぎの瞬間、何かが糸を引いたように飛んでくる。

「うぐっ」

伊佐治が右胸を押さえて倒れこんだ。

すかさず、串部が吉を助けた。

いつのまにか、蔵人介と伝右衛門がそばに立っている。

伊佐治の右胸に刺さったのは、伝右衛門が投じた千枚通しだった。

串部が屈み、千枚通しを引き抜く。

「ひっ……い、痛え」

「案ずるな。これしきのことで、死にやせぬ。もっとも、こいつでとどめを刺すこともできるがな」

「……や、止めてくれ」

伊佐治は泣きそうな顔をする。

串部は上から睨みつけた。

「だったら、人参を誰から仕入れたか吐け」

「……し、知らねえ」

「ほう、そうかい」

串部は拳を伊佐治の右胸に当て、ぐりぐり押しこむ。

伊佐治は悲鳴をあげ、必死に口を動かした。

「……さ、鯖《さば》屋だ。鯖屋雁《がん》右衛《え》門《もん》に売り捌けって言われてる」

「その鯖野郎には、何処に行けば会える」

「……か、金杉橋《かなすぎ》のさき、芝浜《しばはま》に会津さまの蔵屋敷がある。真夜中に桟橋へ行けば、荷船がわんさかやってくらあ」

「荷の中身が和人参というわけか」

「……そ、そいつは、自分の目で確かめろ」

「口の利き方を知らぬやつだな」

串部は右胸に激痛を与え、泣き叫ぶ小悪党を立たせた。

小悪党を先導役にしつつ、三人は木戸のほうへ向かう。

その後ろ姿に、風間半平太と妻子は深々と頭を垂れた。

伊佐治に案内させたのは、芝神明町《しんめいちょう》にある潮七郎一家にほかならない。

藍染めの太鼓暖簾が風を孕《はら》んではためき、潮七郎の威勢をしめしている。

蔵人介たち三人が見世の敷居をまたぐと、目つきの鋭い連中が集まってきた。

奥の部屋から満を持したようにあらわれたのが、潮七郎にまちがいなかろう。

太鼓腹を突きだし、鯉のように口をぱくつかせる。

「何だ、おめえらは」

有無を言わせず、蔵人介が身を寄せた。

潮七郎の喉を右手で摑《つか》み、指におもいきり力を入れる。

「……ぐ、苦しい」

放してやると、肥えた親分は床にひっくり返った。

蔵人介は静かな口調で脅しつける。

「約束しろ。金輪際《こんりんざい》、和人参はあつかわぬとな」

「……わ、わかった……か、堪忍してくれ」

「約束を破ったら、おぬしの首を獲《と》りにくる。脅しではないぞ」

「……は、はい」

脅しは効いたようだ。

潮七郎は涙目になり、恐る恐る尋ねてくる。

「……あ、あの、旦那さまはどちらさまで」

「名乗る気はない。肝心なのは、どぶ板一枚下は地獄ということだ。少しでも気を抜いたら、おぬしは地獄へ堕ちる。それを忘れるなよ」

ぐっと睨みつけるや、潮七郎は唇をわなわなと震わせた。

蔵人介たちは見世に背を向け、意気揚々《いきようよう》と離れていく。

夜を待ち、芝浜の蔵屋敷へ足を延ばさねばなるまい。

それまでのあいだ、どうやって過ごすか。

「ちと小腹が空きましたな。増上寺裏の切通しに行けば、鴨の串焼きを食わせる見世がございます」

「鴨でござるか」

串部の台詞に、伝右衛門がすかさず反応する。

「どうした、伝右衛門」

「日の高いうちから、鴨は食べたくありませぬな」

「それなら、おぬしは葱《ねぎ》でも食っておけ」

ふたりの掛けあいに苦笑しつつ、蔵人介は切通しのほうへ歩を向ける。

何故か無性に、鴨の串焼きが食べたくなった。

三

頭上には月がある。

町木戸が一斉に閉まる亥《い》ノ刻、三人は芝浜の蔵屋敷までやってきた。

縄手《なわて》に打ち寄せる波は月明かりを浴びて輝き、閃きながら砕け散る。

砂浜の突端には雄藩の蔵屋敷が軒を並べ、各々に桟橋が築かれている。

軒下の家紋をみれば、何処の藩かはわかった。

会津藩の蔵屋敷には、河骨紋《こうほねもん》に似た会津《あいづ》三葵《みつあおい》が掲げられている。見逃すはずもない。保科《ほしな》家初代藩主の保科正之《まさゆき》は神君家康の孫、三代将軍家光《いえみつ》の異母弟であり、四代将軍家綱《いえつな》の傅役《もりやく》として幕政に重きをなした。

正之の定めた「会津家訓十五箇条」には、つぎの一節がある。

――賄《まいない》をおこない媚《こび》をもとむべからず。

賄賂や不正を厳しく戒める教えは、いったい、どうなってしまったのか。

第八代目となる容敬《かたたか》も名君の誉れ高い殿さまで、詰席の溜之間にあっても親藩大名として堂々たる振る舞いをみせている。家中に綻《ほころ》びの生じる隙があるとすれば、藩祖正之の定めた家訓を黴《かび》の生えた教えとして軽視する家風の弛《たる》みをこそ糾弾せねばなるまい。

ともあれ、会津藩内のごたごたは徳川宗家《そうけ》の威信にもかかわってくるだけに、事は慎重にはこばねばならない。そうしたおもいが強いだけに、私情を絡める如心尼の安易さに蔵人介は不安をおぼえるのだ。

暗い海は凪《な》ぎわたり、打ち寄せる波音しか聞こえてこない。

三人は海岸を歩き、流木の陰に身を隠した。

串部が指差したさきに桟橋があり、大勢の人影が集まってくる。

ほとんどは荷役のようだが、先頭で指示を出すのは商人だった。

「あれを」

「殿、鯖屋雁右衛門でしょうか」

おそらく、そうであろう。

鯖屋とおぼしき商人のもとへ、侍がひとり近づいてくる。

遠目なので風貌はわからぬが、歩き方や物腰から推すと、若侍にちがいない。

やがて、沖合から荷船が近づいてきた。

「一艘《そう》、二艘、三艘……」

数えてみると、全部で七艘になろうか。

順番に舳先《へさき》を向け、桟橋へ横付けにされるや、一斉に荷卸しがおこなわれていった。

荷は筵《むしろ》に包まれたひと抱えほどの四角い箱で、さほど重くもないのか、ひとりにつきふた箱ずつ重ねて抱えあげている。桟橋の奥へ山積みにされた箱は別の連中によって荷車に積まれ、荒縄で括ったのちに何処かへ運ばれていった。

伝右衛門は荷の行方を確かめるべく、流木の陰から離れていく。

蔵人介は指図を出す商人ではなく、侍のほうに注目した。

串部が囁きかけてくる。

「荷の中身はまちがいなく、横流しされた和人参でござりましょう。だとすれば、あの侍は不正をおこなう者の手先かもしれませぬな」

蔵屋敷のすぐそばで、あんなふうに堂々と横流し品の荷卸しがおこなわれている。となれば、藩ぐるみで和人参の不正売買をおこなっているのではないかという疑いも生じてこよう。

「かりにそうであれば、会津藩は改易となろうな」

ほどなくして荷卸しは終わり、怪しい荷船はことごとく夜の海へ消えていった。

鯖屋らしき商人は最後の荷車といっしょに街道の闇へ消え、侍だけがひとり別の道をたどりはじめる。

蔵人介と串部は、急いで侍の背中を追いかけた。

向かったさきは、四国町《しこくちょう》と呼ばれ、一時、四国の藩邸が集まっていた界隈《かいわい》だ。

四国町を抜けて綱坂《つなざか》のほうへまわれば、会津藩の下屋敷がある。

おそらく、そちらをめざしているのだろう。

屋敷へ戻るまえに接触すべく、蔵人介と串部は小走りになった。

「おい」

串部が声を掛けたのは、四国町を抜けたさきだった。

侍は常教寺《じょうきょうじ》門前の三つ辻を右手に曲がろうとしていたので、串部はそちらへ先廻りして行く手をふさいだ。

一方、蔵人介は背後からゆっくり近づいていく。

おもったとおり、侍はかなり若い。二十代のなかばほどであろうか。

ただ、若いわりには落ち着き払っており、修羅場を潜りぬけてきた者のふてぶてしさすら感じさせた。

「物盗りにはみえぬが、それがしに何か用か」

「ずいぶん落ち着いておるな。おぬし、名は」

「腰浜直四郎《こしはまなおしろう》だ」

「会津の藩士か」

「いかにも」

「桟橋で何をしておった」

「それを聞いてどうする」

「返答次第では、大目付《おおめつけ》に差しだしてもよいぞ」

「ふっ、大目付か」

「何が可笑《おか》しい」

「いや、別に」

腰浜は黙り、蔵人介の顔をじっとみつめた。

「何を探っておるのか知らぬが、それがしを詰問してもたいしたはなしは出てこぬぞ。上に命じられて、荷卸しに立ちあっただけのことだからな」

「上とは」

「国産奉行の八島田三之丞《やしまださんのじょう》さまだ」

「和人参をあつかう元締めのことか」

「元締めはもっと上さ」

「勝手方大締の増谷鼎か」

「ほう、わかっておるではないか」

蔵人介は一歩近づき、片眉を吊りあげる。

「さっき、おぬしは笑ったな。大目付に差しだしてもよいと言ったときだ。腰浜直四郎は偽名であろう。おぬし、大目付の隠密ではないのか」

「そうであったとしたら、どうする」

腰浜は半歩身を引き、殺気を放った。

双方とも刀を抜かず、相手の目を睨みつける。

蔵人介がふっと肩の力を抜くと、腰浜の殺気も消えた。

「斬らぬのか。おぬしら、会津の者ではないな」

「さよう。事情《わけ》あって、和人参の不正を調べておる」

正直に告げると、腰浜は小莫迦にしたような顔をする。

「ふうん。それで、何かわかったのか」

「芝神明町の潮七郎一家を探れば、和人参の騙り売りがおおっぴらにおこなわれていることはすぐにわかる」

「ふうん、潮七郎一家に目をつけたわけか」

「会津藩の重臣が阿漕な商人に会津産の和人参を横流しし、それを市中の破落戸どもが唐渡りの高麗人参と偽って十倍の値で売りさばいておる。筋書きとしては、そんなところだ」

「なるほど。されど、潮七郎のごとき末端の連中を何人捕まえようとも、無駄骨に終わるだけであろうな。悪の元凶には容易にたどりつけまい」

「鯖屋を叩いても、たどりつけぬと」

「さあな。あやつとて、後ろ盾がおるやもしれぬ」

「後ろ盾か」

蔵人介は顎を突きだす。

「おぬし、何か摑んでおるのか」

「いいや」

「ならば、どうするつもりだ」

「今のところは上に取り入って、不正の証拠《あかし》となるものを手に入れるしかあるまい。ただし、いよいよ証拠が入手できぬときは、藩内で不正の元凶とおぼしき者を抹殺《まっさつ》する。それがしが隠密なら、そんなふうに考えるかもな」

「元凶となる者の目星はついておるのだろう。何故、そやつを断罪せぬ」

「裏があるやもしれぬ。その疑念が晴れるまで、もう少し粘ってみるつもりさ」

「助けてやろうか」

おもいがけず、本音が漏れた。

腰浜はわずかに動揺し、こちらの瞳を覗きこんでくる。

蔵人介も誠意を込めて、じっとみつめ返した。

目をみればたいてい、信用できる相手かどうかはわかる。

腰浜は眸子を細め、ふっと微笑んだ。

「いいや、それにはおよばぬ。何処の馬の骨とも知れぬ輩とつるむ気はないのでな」

「承知した。さればまた、何処かで会う機会があるやもしれぬ」

「今度会うときは、敵か味方か、はっきりしてほしいものだな。どっちにしろ、獲物を横取りされたら、おぬしらの命を狙うかもしれぬ」

「ふふ、おもしろい。それも上の命か」

「いいや、それがしの一存だ。さればな」

坂道を上っていく若侍の後ろ姿は自信ありげにみえた。

ともあれ、大目付は会津藩に探索の目を向けていたのだ。

「あやつ、藩の命運を握っておるやもしれぬ」

蔵人介の漏らしたつぶやきは、数日後、重い溜息に変わった。

四

翌朝、蔵人介と串部は伝右衛門に導かれ、渋谷川《しぶやがわ》沿いをたどって広尾原《ひろおはら》までやってきた。

丑《うし》ノ刻（午前二時）から降りはじめた雨のせいで、膝丈まで伸びた雑草は濡れている。

三人とも蓑笠《みのかさ》を着け、笠の端からは雨の雫が垂れていた。

「あそこでござる」

伝右衛門が指差すさきは、野犬の彷徨《うろつ》く広尾原の一角だった。

雑木林の奥へ進んでいくと、百姓家《ひやくしようや》がぽつんと一軒建っている。

どうやら、荷車に積まれた和人参が運びこまれたさきらしかった。

「鯖屋の土地ではありませぬ。半年前まではこの辺り一帯に根を張る名主のものでしたが、今は旗本の抱え屋敷になっております」

「あれが抱え屋敷か」

と、串部が素《す》っ頓狂《とんきよう》な声をあげた。

「いいえ、どうみても百姓家ですね」

伝右衛門のこたえに、串部は渋面《じゅうめん》をつくる。

「ちゃんとした家作を建てねば、土地を買う意味はあるまい」

武家が百姓地を購入しても、代官に年貢を納める義務からは逃れられない。それどころか、土地を購入する条件として、増年貢を課される。串部の言うとおり、土地を遊ばせておくだけなら年貢の払い損になるので、土地の持ち腐れと皮肉を言われても致し方なかろう。

「妙なのは、それだけではありませぬ」

伝右衛門はつづけた。

「台帳に記載された持ち主は、江中安馬《えなかやすま》なる家禄一千五百石の旗本なのですが、この人物が武鑑《ぶかん》に載っておりませぬ」

「何かのまちがいではないのか」

家禄一千五百石の旗本ならば、武鑑に記載されぬはずはない。

蔵人介も首をかしげざるを得なかった。

「怪しいな」

「いかにも」

得体の知れぬ旗本の抱え屋敷とされる百姓家に、会津藩から横流しされたとおぼしき和人参が山積みになっているのだ。怪しまれぬ道理はない。

百姓家から少し離れたところで様子を窺っていると、大勢の人影が外に出てきた。蓑笠を着けた連中のなかに、ひとりだけ着流しの町人がいる。

「あいつ、潮七郎一家の若衆頭《わかいしゅがしら》ですよ」

剃刀の伊佐治であった。手下たちもあらわれ、裏手のほうから荷を満載にした荷車を牽《ひ》いてくる。

「懲《こ》りないやつらめ」

乗りだそうとする串部を、蔵人介が止めた。

川沿いから別の破落戸どもがあらわれ、百姓家へ近づいてきたからだ。

その連中も裏手から荷の積載された荷車を牽き、何処かへ遠ざかっていく。

同じような連中が訪れては、荷車を牽いていった。

おそらく、鯖屋から和人参の売り捌きを任されているのだろう。

腰浜直四郎の言った「末端の連中を何人捕まえようとも、無駄骨に終わるだけ」という台詞を思い出す。

「ところで、鯖屋は何処にある」

蔵人介の問いに、伝右衛門は淀みなく応じた。

「大久保《おおくぼ》は抜弁天《ぬけべんてん》のさき、久右衛門《きゅうえもん》坂の中腹にござります」

「行ってみるか」

「それならば、亡くなった大奥女中の実家に立ち寄ってみてはいかが」

「如心尼さまが増谷鼎と娶せた女中のことか」

「およしと申します。実家は御三之間の御用達でもあった呉服問屋で、以前は室町《むろまち》に大店《おおだな》を構えておりましたが、今は抜弁天の近くで細々と商売をつづけているとか」

娘を失った傷心の父親を訪ねるのは忍びないが、増谷鼎の人となりを聞いておく必要はある。

「よし、まいろう」

三人は広尾原を離れ、自宅のある市ヶ谷へ戻っていった。

市ヶ谷と大久保は、目と鼻のさきである。

抜弁天の由緒は古い。厳嶋《いつくしま》神社といい、七百五十年余りもむかし、鎮守府《ちんじゅふ》将軍の源《みなもとの》義家《よしいえ》によって創建された。義家は奥州《おうしゅう》征伐の折り、霊峰富士《ふじ》を遠くにのぞみ、安芸《あき》の厳島神社に戦勝を祈願した。願いどおりに奥州の鎮定《ちんてい》が成ったのち、戦勝の御礼に市杵島姫命《いちきしまひめのみこと》を祭神とする神社を建てたのだ。

たどりついてみると、往来にも露地にも野犬がうろうろしていた。

五代将軍綱吉《つなよし》によって「生類憐《しょうるいあわれ》みの令」が発布された際、この辺りには二万坪を超える犬小屋が設けられた。その名残であろうか。犬小屋は無くなっても、行き場のない野良犬たちは餌を求めて彷徨《うろつ》いている。

「まるで、禄を失った浪人どものようですな」

一歩まちがえば自分もそうなっていたかもしれぬだけに、串部のことばには切実さが感じられた。

元御用達の呉服屋は、門前からひとつ裏にはいった露地にひっそり佇んでいた。屋号は『野中《のなか》屋』という。この界隈には小禄の旗本や御家人が多く住んでいるので、そうした連中を相手に仕立てや繕いの仕事をやっているのだ。

抜弁天の参道は南北に通り抜けができる。信心深い人々は義家が苦難を切り抜けた由来を信じ、かならず参道を端から端へ通り抜けた。蔵人介たちも如心尼の厄介な密命に応じるべく、拝殿に参拝してから参道を通り抜けてきたのである。

手ぶらというわけにもいかぬので、金沢丹後《かなざわたんご》の練《ね》り羊羹《ようかん》を土産に抱えてきた。

店の狭い敷居を踏みこえると、帳場から白髪頭の主人が顔を差しだす。

「いらっしゃいまし」

武家の客ばかりなので、それ相応のあしらい方は心得ているようだ。

蔵人介たちが上がり端に座ると、主人はきちんと膝をたたんで挨拶し、丁稚《でっち》小僧に命じて茶を三つ持ってこさせた。

すかさず、従者の串部が土産の蒸し羊羹を差しだす。

「如心尼さまからこれを」

「えっ、如心尼さまのご従者であられますか。これはまことにご無礼を。奥に部屋を取りますので、ささ、こちらへ」

「すまぬな」

店先では大声で喋りにくいこともあろうかと、遠慮なく草履を脱いで廊下へあがり、導かれるままに奥座敷へ踏みこんでいった。

中庭のみえる八畳間に落ち着くと、さきほどの丁稚小僧が淹《い》れなおした茶を運んでくる。

「本来であれば、酒膳でも差しあげたいところですが」

恐縮する主人に向かって、蔵人介は大仰《おおぎょう》に首を横に振った。

「よいよい、突然の来訪で迷惑を掛けるわけにはいかぬ」

「申し訳のないことにござります。あの、如心尼さまにおかれましては、息災《そくさい》であられましょうか」

「ふむ、いつも娘御のことを気に掛けておられる」

「もったいないことにございます。娘のよしは、あのような最期を遂げてしまいましたが、まがりなりにも大奥奉公という夢をかなえ、喜びに満ちあふれていた時期もございました。何もかも、如心尼さまのおかげにございます。親といたしましては、感謝こそすれ、恨みなどはいささかもございませぬ」

口調は穏やかだが、台詞の端々に口惜しさがある。

蔵人介は、慈《いつく》しむように主人をみつめた。

「さきほど、あのような最期と言われたが、娘御がどのような最期を遂げられたのか、差しつかえなくば教えてもらえぬか」

「如心尼さまから聞いておられませぬか」

主人は一瞬だけ蔵人介を睨みつけ、すぐに、あきらめたような表情になった。

「嫁ぎ先の古井戸に身を投げたのでござります」

「まことか、それは」

「はい、よしは三年余りものあいだ、嫁ぎ先の家人からいびられ、いじめられつづけたあげく、ついに耐えられなくなったのでございます。そのことを、手前は何ひとつ気づいてやれなかった。母親を幼い時分に亡くしておりましたもので、相談できる相手もいなかったのでございましょう。あの子はひとりで悩みを抱え、表向きは気丈《きじょう》にしておりました」

「嫁ぎ先のいじめは、それほど酷かったのか」

「あれは、女房喰《にょうぼうぐ》いにございます」

「女房喰い」

「はい。当時は羽振りもよかったものですから、手前はよしに三百両の持参金をつけてやりました。その持参金を狙った縁組だったのでございます」

嫁ぎ先から離縁を望めば、持参金は返還しなければならない。それゆえ、執拗なまでのいじめを繰りかえし、嫁のほうから出ていくように仕向ける。それを「女房喰い」と呼ぶらしい。

およしは三年余りも我慢したあげく、古井戸に飛びこんだ。

夫の増谷鼎から実家へは詫びのことばひとつなく、家の恥になるという理由から通夜や葬儀も営まれなかった。実家で亡骸《なきがら》を引き取り、密葬にしたのだという。

悲惨このうえないはなしであった。

「なにぶん、一人娘だったもので……もう、亡くなって七年になりますが、よしのことを思い出すと、仕事が手につかなくなってしまいます」

およしには弟がひとりあったので、その弟に嫁を貰って店はつづけていくつもりらしい。主人が言うには、御用達だったころの屋号は『中野《なかの》屋』であったが、験直しの意味も込めて『野中屋』に看板を代えたのだという。

「増谷鼎という男は、おもった以上の悪党ですな」

主人に見送られて店を出た途端、串部が憎々しげに悪態を吐いた。

蔵人介はふいに振りかえり、屋根看板の屋号をみつめる。

「殿、どうかなされましたか」

「いや、たいしたことではないが、広尾原に抱え屋敷を持つ旗本の正体がわかったかもしれぬ」

「えっ、どういうことにござりましょう」

串部ばかりか、伝右衛門も興味深げに顔を近づけてくる。

「中野屋は験を担いで、野中屋に看板を代えた。それで、ぴんときたのだ。武鑑に載っておらぬ旗本の名は、江中安馬であったな」

「ええ、たしかに」

「えなかやすま。串部よ、逆さにすると、どう読む」

「ますやかなえ……ま、増谷鼎にござります」

串部と伝右衛門が同時に驚く。

要するに、台帳に記された名は、適当に付けたものにすぎなかった。

「くそったれめ」

串部は怒りで顔を染める。

たしかに、小莫迦にされたようで腹が立つと同時に、やりきれなさが募ってきた。

──情として忍びがたきことなのじゃ。

如心尼の台詞が脳裏に甦《よみがえ》ってくる。

情では動かぬと、みずからを戒めつつも、およしの恨みをどうにかして晴らしてやりたくなった。

三日後の十三日、蔵人介たちの出鼻《でばな》を挫《くじ》くような凶報がもたらされた。

大目付の隠密とおぼしき腰浜直四郎が、遺体となって大川の百本杭《ひゃっぽんぐい》に浮かんだのである。

五

急報をもたらしたのは、伝右衛門であった。

冷たい雨が降りつづき、嵩《かさ》の増した大川は鉛色に沈んでいる。

驚いたことに本所《ほんじょ》の百本杭でみつかったのは、腰浜直四郎の屍骸《むくろ》だけではなかった。齢十二、三ほどの娘もいっしょに流れつき、ふたりは赤い紐で手首同士を結ばれていたというのだ。

「相対死《あいたいじに》だよ」

岡っ引きが吐きすて、川端に敷かれた筵に目をやる。

蔵人介は検屍《けんし》の許しを貰い、そちらへ近づいていった。

伝右衛門が屈み、屍骸にかぶせた筵を剥《は》がす。

ほとけになった男女が並んで寝かされていた。

男のほうは腰浜でまちがいない。

「あっ」

と、串部が声をあげた。

蔵人介も声をあげそうになる。

娘の顔にみおぼえがあったからだ。

「殿、風間半平太の娘にございます」

「ふむ。名はたしか、吉と申したか」

潮七郎一家の破落戸どもから救ってやった娘だ。

「可哀相に、何でこの娘が」

頭に浮かんだ疑念が、動揺する気持ちに勝った。

「それがしは、ほとけの足取りを調べてみます」

伝右衛門だけが居残り、蔵人介と串部は芝へ向かうことにした。

まずは露月町の裏長屋へおもむき、両親に娘の死を報せねばならぬ。そののち、真相を知っているであろう潮七郎一家に踏みこむ肚を決めていた。

「殿、気が重いですな」

「ああ」

両国《りょうごく》橋の東詰から土手下へ降り、桟橋で屋根船を探して乗りこんだ。

「あれは相対死にみせかけた殺しにございましょう。殺《や》った者はわかりませぬ。もっとわからぬのは、何故、大目付から寄こされた隠密の相手があの娘なのかということでござる」

串部の言うとおりだ。

一介の浪人者にすぎぬ男の娘が、何故、相対死の相手に選ばれたのか。

蔵人介も選んだ者の意図をはかりかねた。

屋根船は大川を斜めに突っ切り、霊岸島《れいがんじま》の南西に流れる亀島川《かめしまがわ》を経由してさらに、三十間堀《さんじっけんぼり》川を漕ぎすすめば、存外に早く芝の金杉橋に着くことができた。

ふたりは黙然と東海道を進み、露月町の裏通りへ足を踏みいれる。

裏長屋へたどりついてみると、何やら妙なことになっていた。

長屋の住人たちが血相を変えて駆けまわり、黒羽織に小銀杏髷の同心までがやってくる。

「いったい、何があったのだ」

串部が自身番に向かって質すと、番太が怒ったように言い返してきた。

「釣瓶心中だよ。奥の浪人夫婦が首を縊《くく》ったのさ」

心ノ臓が飛びはねそうになる。

木戸を潜ってどぶ板を踏みつけ、人垣の築かれた奥のほうへ近づいた。

後ろから部屋を覗くと、風間半平太と妻女が梁からぶらさがっている。

「くそっ、鮭《しやけ》になりやがって」

同心が悪態を吐いた。

「娘がいたそうだが、何処へ行った。誰かみた者はおらぬか」

住人たちは首をかしげる。娘が亡くなったことを、誰も知らぬらしい。

あとで教えてやることにして、梁からぶらさがった遺体を睨みつける。

首を縊《くく》ったにしては、夫婦ともに穏やかな顔をしていた。

「殿、息が絶えたあとに吊るしたほとけですぞ」

「ふむ、そのようだな」

何者かが釣瓶心中にみせかけたのだ。

いったい、何のために。

疑念を抱えながら長屋をあとにし、増上寺の門前に近い神明町《しんめいちよう》へ向かった。

百本杭の相対死にしても、裏長屋の釣瓶心中にしても、当然のごとく、潮七郎一家の関与が疑われる。

しかし、こちらもとんでもないことになっていた。

太鼓暖簾のはためく一家の店先には野次馬が集まり、大勢の捕り方が忙しなく行き来している。

戸板に乗せて運びだされてくるのは、筵をかぶせた屍骸にほかならなかった。

道端に置かれた屍骸をひとりずつ確かめていくと、剃刀の伊佐治や瘤頭の萬三のあおぐろい顔もあった。

最後に運ばれてきたのは、一家を束ねる潮七郎であろう。

屍骸はいずれも、一刀で眉間や胸を斬られていた。

手練《てだれ》の刺客によるみなごろしである。

「くそっ、どういうことなんだ」

串部は混乱をきたし、筵を捲《めく》っては悪態ばかり吐いている。

ひとつだけはっきりしているのは、蔵人介たちの通った道筋に沿って関わった者たちがことごとく葬られているということだ。何者かがこちらの動きを遠くからみていて、ひとつずつ不正の証拠を潰しているとしかおもえない。

蔵人介は不穏な気配を察し、後ろを振りむいた。

人垣を築く野次馬以外に、怪しげな者はいない。

つっと、誰かに袖を引かれた。

驚いて見下ろすと、明樽拾いの小僧が立っている。

汚れた顔で笑いかけ、文を一枚手渡してきた。

「腰浜っていうお侍が、あんたにって」

「ん、それはいつのはなしだ」

「昨日の夕方さ。長い柄の刀を差したお侍をみかけたら、文を手渡すようにって言われたのさ」

「どうして、わしがここに来るとわかったのだ」

「潮七郎一家に何かあったら、目を皿にしてあんたを捜せって言われたのさ」

「賢いな。ほれ、駄賃だ」

小銭を渡してやると、小僧は露地裏に走り去った。

開いた文には、達筆な字でこう綴られてある。

――不正の証しを入手。長崎屋《ながさきや》をお訪ねいただきたく。

串部にもみせてやった。

「長崎屋というのは、日本橋本石町《ほんごくちょう》にある長崎屋のことでしょうか」

おそらく、そうであろう。長崎屋は幕府御用達の薬種《やくしゅ》問屋、人参座として江戸市中で唯一、唐人参を売ることが許されている。唐人参とは長崎湊《みなと》経由でもたらされる高価な高麗人参にほかならず、長崎屋は唐人参を一手に扱う権利と引換に、将軍のもとへご機嫌伺いに訪れる和蘭陀商館長《オランダカピタン》一行の定宿《じょうやど》になることを義務づけられていた。

主人の源右衛門《げんえもん》なら、蔵人介も知らぬ相手ではない。

今から二年半前、エドゥアルド・フランディソンという商館長の一行が長崎から参府した際、上覧試合での活躍が縁で警固の要を任された。その際、源右衛門から「真のお侍」と告げられ、事実、手強《てごわ》い刺客から商館長を守りきった。そのときに培《つちか》った信頼が容易《たやす》く消えることはなかろう。

蔵人介は惨状に背を向け、その足で日本橋本石町へ向かったのである。

六

――ごおおん。

石町《こくちょう》の時鐘《ときのかね》が未《ひつじ》ノ刻を報せている。

あまりに大きな音なので、串部はおもわず耳をふさいだ。

「空腹に響きますな」

早朝に本所百本杭に呼びだされてから、あまりにいろいろなことがありすぎて、食事をするのも忘れていた。

「このままでは、腹の虫が鳴りっぱなしでござる」

串部があまりにしつこく言うので、一石橋《いっこく》の近くで屋台蕎麦をみつけて蕎麦をたぐった。

今宵十三日は後《のち》の月、朝から変わらぬ曇天で月をのぞむのは難しかろうが、せめて器のなかには月をみたいなどと、串部はわけのわからぬことを言い、贅沢にも生玉子を落とした月見蕎麦を注文した。掛け蕎麦代の倍にあたる三十二文を払わされ、自分は掛け蕎麦を啜った蔵人介は何となく損をした気分になる。

「ごちそうさまにござります」

串部は歯に挟まった葱を楊枝でせせり、ひと足早く本石町三丁目の角に佇む大店に向かった。

長崎屋は「江戸の出島《でじま》」とも呼ばれている。誰もが知るとおり、和蘭陀商館長の定宿に指定されているものの、旅籠《はたご》を家業としているわけではなく、平常《ふだん》は薬種を扱う問屋業を商っていた。

それゆえ、店内は生薬《きぐすり》の匂いに満たされており、頼めば薬の調合もしてくれる。薬箪笥や薬研《やげん》なども見受けられたが、やはり、商館長の定宿として敷居が高いせいか、気軽に訪れる客は少ない。

二年半前にフランディソン一行が泊まった際も、訪れてきたのは蘭癖《らんぺき》と称される大名や高名な蘭学者たちであった。如才《じょさい》なく応じる主人の源右衛門は、船来品《はくらいひん》や蘭学に関する広範な知識だけでなく、商人としての抜け目なさも携えている。

たとえば、商館長から反物《たんもの》や砂糖といった舶来の余剰進物《しんもつ》を買取り、反物は幕府の高官に五割増しで売ったり、砂糖は大名家に仕入れの三倍の値で転売したりしていた。そうすることで二千両近くも売上げをあげ、商館長一行をひと月ほども滞在させる費用に当ててきたのだ。

敷地内に三棟の蔵を所有しているものの、商館長一行の持ちこむ進物は収納しきれぬほど多いため、幕府の御納戸《おなんど》を借りうけているとも聞いている。

ともあれ、今日の用件は商館長絡みではなく、本業のほうであった。

長崎屋は唐人参を一手に扱う卸元だが、和人参についても幕府より売払取次《うりばらいとりつぎ》の免状を与えられている。

「御免、誰かおらぬか」

串部が敷居の内で大声を発すると、奥から好々爺《こうこうや》風の人物が顔を出した。

誰あろう、主人の源右衛門にほかならない。

「おや、これはこれは、矢背さまではあられませぬか。お久しゅうございまする」

突然の来訪に面食らった様子もなく、源右衛門は旧交を懐かしむ友のごとき風情で迎えてくれた。

「その節は、たいへんお世話になりました。ささ、立ち話も何でございます。とりあえず、今お部屋をご用意いたしますゆえ」

導かれたのは、舶来品の調度が並べられたみおぼえのある部屋だ。

「おぼえておいでですか。矢背さまはテーブルのそのお席に座られ、正面には商館長のフランディソンが座った。フランディソンはテーブルに両手をつき、どうか命を守ってほしいと涙目で訴えた。そのあと、みなで珍陀酒《ちんた》を呑みましたな。あのときは味わう余裕もございませなんだが、矢背さまのおかげで最悪の惨事は避けられました」

源右衛門は手代に命じ、珍陀酒とカステラを持ってこさせた。

串部も同じテーブルにつき、三人で硝子の盃をかたむける。

「さすが、舶来品の酒、舌が蕩《とろ》けるほど美味しゅうございます」

串部は興奮気味に発し、蔵人介に目で窘《たしな》められた。

源右衛門が笑いながら、肝心なことを尋ねてくる。

「ところで、本日はどのようなご用件で」

「単刀直入に申しあげよう。腰浜直四郎という者をご存じないか」

源右衛門はぴくりと反応し、顔を曇らせる。

「ご存じのようだな」

「はい」

「腰浜どのが亡くなったことは」

「存じております」

「されば、これを」

蔵人介は袂《たもと》を探り、明樽拾いの小僧に託された文を取りだした。

源右衛門は文を眺め、目を落としたままつぶやく。

「あのお方の筆跡にござりますな」

「あのお方」

「腰浜直四郎とは偽《いつわ》りの名、まことの名は浜本《はまもと》忠《ちゆう》四郎《しろう》さまと仰います」

「大目付の隠密か」

「いかにも。このところ、江戸市中では会津産とおぼしき和人参の騙り売りが横行しております。それが目に余る情況ゆえ、手前が長崎奉行の柳生《やぎゆう》伊勢守《いせのかみ》さまにお目通りを願いたてまつり、大目付さまのしかるべき筋に一連の不正をお調べしてほしいと訴えたのでございます」

　訴えは聞き届けられたが、大目付側に本腰を入れて調べる気はなく、隠密として送りこまれてきたのは、経験の浅い浜本忠四郎であったという。

「浜本さまはお若いけれども、隠密として優れた資質をお持ちのお方でした。お亡くなりになったと聞き、残念かつ無念ながらも、手代を百本杭に向かわせて詳しい情況を調べさせました。矢背さまもほとけをご覧になったのであれば、お気づきのことかと存じます。浜本さまは、相対死にみせかけて殺《あや》められたに相違ない」

「いかにもな。されば、殺めた者に心当たりは」

「ありませぬ」

「まことか」

「矢背さまに嘘は申しませぬ。正直、手前の気持ちも千々《ちぢ》に乱れております」

　みずからの訴えが浜本の死に繋がったことを、源右衛門は悔いているようだった。

　それでも、気を取りなおして立ちあがり、別の部屋から帳簿のようなものを携えてくる。

「三日前、浜本さまがふらりとお越しになり、これを置いていかれました」

「拝見しても」

「どうぞ」

蔵人介は帳簿を捲り、内容に目を通した。

「これは裏帳簿だな。和人参の横流しについて、日付と数量と金額、それに送り先についても詳細に記されてある」

記した人物は会津藩国産奉行の八島田三之丞、腰浜こと浜本の上役にほかならない。

「八島田は、増谷鼎なる勝手方大締の命で動いていた。浜本さまは、そのように睨んでおられました」

八島田を責めて不正のからくりを白状させれば、この裏帳簿を動かぬ証拠にできるかもしれない。

何故、浜本は自分でそれをやらず、だいじな裏帳簿を長崎屋に預けたのか。

蔵人介が問いたそうにすると、源右衛門は溜息を吐いた。

「浜本さまは、上の方々に不審を抱いておられました。会津藩の重臣のみならず、藩そのものを窮地に陥れるやもしれぬ裏帳簿だけに、扱いは慎重にしなければならぬ。下手に上へ渡せば、何処からか横槍がはいって、すべて無かったことにされてしまうやもしれぬ。そのことを恐れておられたがために、手前のもとをお訪ねになったのでございます。しかも、隠密ならば死は覚悟のうえだなどと、みずからの死を予見するようなことも仰いました」

浜本は上役を信用できず、四面楚歌《しめんそか》とも言うべき苦境に置かれていた。それが事実だったとしても、たった一度擦れちがっただけの蔵人介を信用し、長崎屋へ導こうとするだろうか。

「解《げ》せぬのだ」

「隠密としての勘がはたらいたのかもしれませぬぞ。矢背さまの目をみて、このお方を信じてみようとおもわれたのでしょう」

たしかに、浜本とは目と目で通じる瞬間があったような気もする。

蔵人介は「裏があるやもしれぬ」という浜本の台詞を思い出した。

勝手方大締の増谷鼎に目星をつけながらも、増谷の背後に怪しい影をみていたのかもしれない。

得体の知れぬ敵が証拠隠滅をはかるとすれば、不正に関わった末端の連中はことごとく抹殺される公算が大きい。そのなかには下っ端の人参方として不正に加担している自分や、騙り売りをしている潮七郎一家の破落戸《ごろつき》もふくまれる。やはり、浜本は死を予感していたのであろう。

「なるほど、言われてみれば、裏帳簿があまりにも容易に手にはいったような気もいたします」

敵となる連中がわざと裏帳簿を入手させたのだとしたら、目途はいったい何なのだろうか。

源右衛門と同じく、蔵人介も霧の深い迷路へ迷いこんだ気分になった。

もはや、如心尼に命じられたことも忘れかけている。

蔵人介は硝子の盃に手を伸ばし、血の色をした珍陀酒を一気に呑みほした。

七

雨は熄《や》み、群雲《むらくも》の狭間からわずかに欠けた月が顔を出した。

中秋《ちゅうしゅう》の名月を観て長月十三日の月を観ぬのは「片月見《かたつきみ》」と呼ばれ、験を担ぐ武家や町人から忌《い》み嫌われる。金に余裕のある者は月見に託《かこつ》けて宴を開いたりもするのだが、和人参の騙り売りでぼろ儲けを目論《もくろ》む鯖屋雁右衛門も外に繰りださずにはいられない性分のようだった。

抜弁天の参道を通り抜け、久右衛門坂を上ると、拝殿が西向きに建てられた西向《にしむき》天神の門前にたどりつく。鯖屋は門前の一角にあり、生薬屋の看板を掲げてはいるものの、うっかりすると見逃してしまいかねないほど間口は狭い。

「めだちたくないのでしょうな」

と、串部がつぶやいた。

鯖屋を張りこむ理由は、じっくり調べを進めるべきだとおもいなおしたからだ。長崎屋から渡された裏帳簿を使えば、増谷鼎の不正を暴くこともできなくはないが、死んだ浜本の言った「裏があるやもしれぬ」という台詞が引っかかっていた。

しかも、まだのうのうと生きているところから推すと、鯖屋はきわめて重要な役割を果たしているにちがいない。張りこんでいれば、真相に近づくことができるかもしれぬと期待した。

夜になり、鯖屋は動いた。

向かったさきは、品川《しながわ》の縄手に面した二階建ての料理茶屋である。

二階座敷の連子窓《れんじまど》越しに袖ヶ浦《そでがうら》沖の漁《いさ》り火《び》がみえ、月見の名所としても知られていた。

鯖屋は宴を主宰《しゅさい》する側におもわれたが、ともに月を愛《め》でる相手は先着しており、誰なのかはわからない。

「おそらく、増谷鼎か八島田三之丞にござりましょう」

確信を込めて言う串部は、二日前に和田倉《わだくら》御門内の会津藩上屋敷へおもむき、遠目からではあったが、増谷と八島田の顔を目に焼きつけていた。

「のんびり待ちますか」

浜辺で月を仰ぎつつ、夜更けまで粘り強く待ちつづけた。

海風に吹かれてからだも冷えきったころ、料理茶屋の表口に駕籠が一挺滑りこんできた。

「どうやら、おひらきのようですな」

客はほかにもあったが、女将にともなわれて表口に出てきたのは鯖屋であった。

もうひとり、悪相《あくそう》の侍がいる。

「八島田でござる」

と、串部に告げられた。

八島田は亡くなった腰浜こと浜本の上役で、藩の人参方を仕切る奉行をつとめている。

裏帳簿を記した張本人でもあり、不正の鍵を握る人物にほかならない。

鯖屋は料理茶屋に残るらしく、八島田だけが駕籠に乗りこんだ。

不用心にも供はなく、駕籠を先導する提灯持ちがいるだけだ。

「わしが尾《つ》けよう」

蔵人介は、身を乗りだす串部を制した。

何故かわからぬが、胸騒ぎを感じたからだ。

胸騒ぎの正体を見極めるべく、縄手に沿って駕籠尻を追いはじめた。

空に流れる群雲《むらくも》は月を隠し、足許が次第におぼつかなくなってくる。

さすがに夜更けだけあって、松並木のつづく街道には行き交う人影や荷車は見当たらない。

高輪《たかなわ》の車町《くるまちょう》に差しかかったあたりで、二十間《けん》ほど前方を走る駕籠が止まった。

行く手に目を細めれば、怪しげな人影が三つほど立ちはだかっている。

「すわっ」

蔵人介は低い姿勢で駆けだした。

刹那、鏑矢《かぶらや》の矢音が迫ってくる。

――ぶん、ぶん。

左右の斜め後方だ。

立ち止まって振りむき、右の矢は躱した。

左の矢は躱しきれず、左手首に掠《かす》り傷を負う。

「ぬっ」

火傷《やけど》のような痛みとともに、傷口が黒ずんでいった。

「毒矢か」

小柄《こづか》を抜き、躊躇《ためら》いもなく傷口に刺す。

口を付けて血を啜り、松の木陰へ逃れた。

左の指先が痺《しび》れてくる。

蛇毒《じやどく》にちがいない。

何度か血を啜って毒を除き、下《さ》げ緒《お》で腕を縛って止血した。

「ふふ、毒を吸いとりおったか」

道を挟んだ対面の暗闇から、くぐもった声が聞こえてくる。

「おぬし、何者だ。いったい、誰の命で動いておる」

蔵人介は木陰から顔を出し、声のする暗闇を睨みつけた。

「それを聞いてどうする」

「知れたこと。おぬしも命じた者も闇に葬る。そのために仕組んだ企《くわだ》てゆえな」

「仕組んだ企てだと」

「さよう。すべては、おぬしらの正体を見極めるために仕組んだこと」

すべてとは、どこまでを指すのだろうか。

蔵人介は切り返す。

「そっちの雇い主は、会津藩の重臣か」

「くふふ、そうおもっておればよい」

「どういうことだ」

「わしも裏の役目を課された身、雇い主の正体を知れば驚くであろうよ」

「幕臣か」

「さあな」

ふっと、気配が消えた。

蔵人介は傷の痛みも忘れ、道端に躍りだす。

行く手を遮った人影も消え、駕籠舁《か》きも何処かへ逃げた。

駕籠だけがぽつんと、道のまんなかに残されている。

蔵人介は足早に迫り、駕籠の脇に立った。

突如、群雲の裂け目から、月光が注がれる。

そっと近づき、垂れを捲りあげた。

駕籠の内から、八島田が転げ落ちてくる。
屍骸であった。
脇腹を串刺しにされている。
駕籠の反対側から、長槍で突かれたらしい。
おそらく、叫ぶ暇もなかったであろう。
耳を澄ませば、街道の後方から跫音がひたひた近づいてくる。
さっと腰だめに構え、刀の柄に右手を添えた。
汗みずくで駆けてきたのは、串部だった。
「心配になり、追いかけてまいりました。だいじはござりませぬか」
「ふむ、だいじない」
蔵人介はきっぱり応じ、左手首を背中に隠す。
串部は八島田の屍骸を見下ろし、顔を曇らせた。
「また口封じか。やはり、増谷鼎の仕業でしょうか」
串部の読みは、おそらく、的を外している。
自分たちの与《あずか》りしらぬところで、得体の知れぬ連中が蠢《うごめ》いているのだ。
しかも、その連中はこちらの正体を見極めたのち、この世から消そうとしている。

今宵の奇襲で、ようやくそれだけはわかった。

いずれにしろ、鍵を握るのは増谷鼎にちがいない。

「こうなったら手っ取り早く、如心尼さまの密命を果たしますか」

串部の乱暴な物言いに顔を顰《しか》めながらも、密命を果たすこと以外に敵の正体を暴く方法はないのかもしれぬと、蔵人介はおもいなおした。

八

鯖屋が店をたたんだ。

痕跡も残さずに消えてしまったのだ。

蔵人介はひとり、城内中奥にいる。夕餉の毒味を済ませ、控部屋であれこれ考えに耽《ふけ》っていた。

——ころころりーん。

御膳所の裏で鳴くのは、季節外れの蟋蟀《こおろぎ》か。

蔵人介は立ちあがり、音もなく部屋を出た。

周囲に人影がないのを確かめ、廊下をわたって御膳所の裏手へまわる。

足袋《たび》を脱いで廊下から降り、裸足で厠へ向かった。

臭気に顔を顰めつつ、暗がりに踏みこんでいく。

何者かの気配が蠢《うごめ》き、聞き取れぬほどの鳴き声が聞こえてきた。

「ころころりーん」

「戯れておるのか、伝右衛門」

「なかなか、上手いものでしょう」

「冬になっても鳴くつもりか」

「惚《ほう》けておれば聞きのがす。それが虫の音というものにござる」

「御広敷《おひろしき》の伊賀者や御庭番《おにわばん》は聞きのがすまいよ」

「伊賀者や御庭番のほかにも、暗闇に潜んで聞き耳を立てる者たちがおるやもしれませぬ」

「何か摑んだな」

「はい。ちと、つきあっていただけませぬか」

「四半刻ほどなら、かまわぬが」

「されば」

影は動いた。

蔵人介は影を追い、御台所門から闇へ抜けだす。

御台所前三重櫓《やぐら》を右手後方に置きつつ、木戸を通り抜け、白鳥濠の突端に建つ汐《しお》見《み》二重櫓のさきへ進む。さらに、汐見坂を下っていくと、御門に人ひとり抜けられるほどの隙間が開いていた。

まんまと通り抜けたところで、伝右衛門が笑いかけてくる。

どうやら、薬で門番を眠らせてしまったらしい。

低い海鼠塀《なまこ》を隔てた向こうは、二ノ丸である。

伝右衛門は身軽に跳躍し、塀のうえに舞いおりた。そして、結び目のある縄を垂らして蔵人介を引きあげる。

塀の向こうに飛び降りると、二ノ丸の北櫓が月影に浮かんでみえた。

「天神濠《てんじん》を挟んで向こうに建つ御屋敷、何かわかりますか」

「御鳥屋《おとや》か」

そもそもは、朝鮮通信使をもてなすための雉子《きじ》を集めておくところだった。平川《ひらかわ》門外にある雉子橋御門はその名残だ。今は、鷹狩りの際に鳥を放つ殺生《せっしょう》奉行の差配下にあるという。

「されど、詰めている連中の顔がみえませぬ」

「そやつらが怪しいと申すのか」

伝右衛門は以前から、怪しいと踏んでいたようだ。

「弓を携えた者たちが小屋を出るのをみました」

「なるほど、高輪の縄手でわしを襲った連中かもしれぬな」

「殺生奉行の尾鷲兵庫《おわせひょうご》は甲州透波《こうしゅうすっぱ》の末裔《まつえい》と、以前に聞いたことがございます」

「忍びではないか」

「いかにも。探りを入れてみますと、尾鷲兵庫は老中格の堀大和守《ほりやまとのかみ》さまから直々に隠密御用を命じられておるようです」

堀大和守親害《ちかしげ》は、信濃飯田《しなのいいだ》藩二万七千石の第十代藩主である。「堀の八方睨み」と綽名《あだな》されるほどの切れ者で、今や、水野忠邦にとっては欠かすことのできない幕閣の重鎮となっていた。

「有体《ありてい》に申しあげれば、堀さまが奸臣成敗の名目で秘かにつくった密殺集団と考えてよろしいかと」

「解せぬな。橘さまの遺志を引き継ぐべきは、如心尼さまおひとりではないのか」

「確かに、上様の御墨付をお持ちなのは、如心尼さまのみにございます。ただし、如心尼さまとわれらがおらぬようになれば、それに取って代わろうとする者たちがあらわれるのは必定《ひつじょう》。堀さまなれば、新たな御墨付を上様に願いたてまつるのは存外に難しいことではないかもしれませぬ」

要するに、堀大和守は橘右近の後釜《あとがま》になるべく、将軍の御墨付を得た密殺集団をつくろうとしているようだと、伝右衛門は言う。

蔵人介は首をかしげた。

「会津藩における和人参の不正はどう説く」

「鯖屋雁右衛門は、殺生奉行の配下かもしれませぬ」

尾鷲の命で勝手方大締の増谷鼎に近づき、巧みに取り入って和人参の横流しに手を染めさせた。それによって、尾鷲たちはさんざん甘い汁を吸いながら、一方では一連の不正を利用して、如心尼と蔵人介たちを炙りだそうとしている。どうやら、それが伝右衛門の描く筋書きらしい。

「そもそものきっかけは、上様が井伊掃部頭さまに『藩内で揉め事を察知したら、芽の内に摘ねばならぬ。どうしても困ったときは、桜田御用屋敷を訪ねてみるがよかろう』と、耳打ちされたのがはじまりにござります。それが溜之間を詰席にする会津侯のお耳にはいり、さらに、会津侯からはなしを聞いた御側用人の国見さまが腰をあげた。本来であればあり得ぬことですが、一藩の重臣が桜田御用屋敷を訪ね、如心尼さまに内密の相談を持ちこんだのです」

それと相前後して、増谷鼎を中心とする不正は大目付の探るところとなっていた。証拠を隠滅する必要に迫られた殺生奉行の尾鷲は、自分たちに不利な情況を逆に利用することをおもいつく。

「わざと不正を探らせることで、われわれの正体を炙りだし、如心尼さまともども一挙に葬ってしまえば、あとは自分たちのおもいどおりに裏の役目を仕切ることができる。そう考えているのではないでしょうか」

伝右衛門の語る筋読みは、得体の知れぬ者の言った「すべては、おぬしらの正体を見極めるために仕組んだこと」という台詞とも一致する。

「堀大和守さまが、和人参の不正に関与しているかどうかはわかりませぬ。どなたよりも気位《きぐらい》の高いお殿さまゆえ、おそらく、何ひとつご存じありますまい。そもそも、そのような危ない橋を渡るとは考えにくい。おそらく、殺生奉行の尾鷲がおのれらの私欲のためにやっていることにござりましょう」

「さような輩を子飼いにしようなどと、堀さまもずいぶん人を見る目がないな」

「逆しまに申せば、尾鷲は取り入り方がよほど巧みなのでござりましょう」

「尾鷲の口車に乗ってしまわれたとすれば、それは焦りの裏返しなのかもしれぬ。

強引とも言える施策を推進していくためには、力尽くで解決をはからねばならぬこともあろう。そうしたとき、みずからの手足となってはたらく密殺集団があれば鬼に金棒とでもお考えになったのやもしれぬ」

蔵人介は、ふうっと溜息を吐いた。

安易な気持ちで囁いた公方家慶のせいで、とんでもない連中を活気づかせてしまったのかもしれない。

「連中はおそらく、好餌《こうじ》をちらつかせ、罠を仕掛けてまいりましょう」

「好餌とは、増谷鼎のことか」

「さようにござる。増谷を餌にしてわれわれをおびきよせ、一挙に葬る肚に相違ござらぬ」

「ふうむ、如心尼さまを一時、安全なところへお連れせねばならぬな」

「大奥がよろしいかと。さっそく、里に伝えておきましょう」

「頼む」

敵の仕掛けた罠に嵌まったふりをして、反撃に転じる算段を立てねばなるまい。

蔵人介は口を真一文字に結び、暗がりに沈む御鳥屋を睨みつけた。

「いったい、あのなかに忍びが何人おるのか」

さすがの伝右衛門も、そこまでは把握できていない。

「死闘になりましょう。もし、生き残ることができたら、ひとつだけやっていただきたいことがござります」

「ほう、何であろうな」

伝右衛門にしてはめずらしいことを言うので、蔵人介は興味を惹かれた。

「されば、申しあげましょう。生き残ったあかつきには、上様に諫言《かんげん》していただけませぬか」

「何だと」

「ふっ、やはり、無理なお願いでござりましょうな。されど、安易なご発言は慎まれるように釘を刺しておかねば、同じことが繰りかえされますぞ。われらはまだしも、如心尼さまがお可哀想だ。お命がいくつあっても足りませぬ」

伝右衛門の言うとおりかもしれない。

敵と闘ったのち、諫言するかどうかは再考しよう。

天神濠のほうから、冷たい風が吹きあげてきた。

「そろりと戻りましょうか」

「ふむ」

ふたつの影は二ノ丸を離れ、本丸の片隅に消えていく。

群雲の狭間に顔をみせた月だけが、影の行方を追っていた。

九

三日後、正午過ぎ。

伝右衛門は袖口に棘針《とげばり》を仕込んでいる。

三寸の針先に枳殻《からたち》の棘を付けた特殊な仕掛け針だ。棘の部分には毒芹《どくせり》の葉を擂《す》って絞った汁を染みこませてあった。毒芹の汁には手足を痙攣《けいれん》させる効果があり、量を増やせば死に至らしめることもできる。

今日は二ノ寅《とら》、会津藩下屋敷にも近い芝金杉の正傳寺《しょうでんじ》は、毘沙門《びしゃもん》詣での参詣客で賑わっていた。さすがに正月の初寅ほどではないが、参道は土産の百足小判《むかで》を携えた人たちでごった返している。

朝から降りつづく雨は熄む気配もない。それでも「虎が雨」は縁起がよく、かえって客足も伸びるので、門前の蓑笠屋はほくほく顔だ。

蔵人介と串部も床見世で求めた蓑笠を着け、参道を歩く増谷鼎の背中を追っている。

増谷はいかにも横柄《おうへい》そうな外面の割には小心者のようで、ここしばらくは身の危険を感じたのか下屋敷の自邸内に籠もっていた。

穴蔵からやっと出てきた獲物を逃すわけにはいかない。

供人は左右にふたり、見掛けは屈強そうだが、蔵人介たちの敵ではなかろう。

段取りどおり、獲物が拝殿に詣り、混雑する参道を戻ってきたところを狙う。

誰にも気づかれずに、手っ取り早く事を済ませねばならない。

――がらん、がらん。

拝殿の鰐口《わにぐち》が鳴った。

増谷は両手を合わせ、頭を垂れている。

いったい、何を祈るのか。

「悪党め」

蔵人介は渋い顔になった。

来し方の非道でも悔いているのか。それはあるまい。

汚い手を使って儲けた金で、さらに上の地位をめざす。ゆくゆくは会津藩の家老に昇りつめる夢でもみているのだろう。増谷鼎とは、そういう男だ。ほかの者を蹴落としてでも出世し、軍資金を得るためには手段を選ばない。

如心尼の仲立ちで嫁いだおよしは「女房喰い」の餌食《えじき》となり、不正を嗅ぎつけた大目付隠密の浜本忠四郎は相対死にみせかけて殺された。浜本の相手にされた吉は、まだ十三の娘だった。蔵人介たちが地廻《じまわ》りの潮七郎一家から救ったことで敵の関心を惹き、人身御供《ひとみごくう》にされたのだ。

吉は隠密殺しを隠蔽するための道具に使われ、哀れな吉の双親《ふたおや》は釣瓶心中にみせかけて葬られた。一連の殺しが蔵人介たちの正体を見極めるためであったとすれば、当然のごとく、その責めを負わねばなるまい。

増谷は何処まで知っているのだろうか。

たとい、吉や吉の双親《ふたおや》を知らずとも、重い罪からは逃れられない。

いずれにしろ、増谷を亡き者にし、如心尼の密命を果たすことが肝要《かんよう》だった。

その点について、今は一抹の迷いもない。

伝右衛門を先頭に立て、蔵人介と串部は獲物に近づいていった。

雨はいっそう激しくなり、参詣客の視野を狭めている。

人混みと強い雨、刺客にとってこれ以上の好条件はなかろう。

蔵人介と串部は左右に分かれ、町人姿の伝右衛門だけが俯き加減に歩を進めていった。

獲物の袖と触れ合うほどの間隔で擦れちがい、伝右衛門は後ろもみずに人の波に紛れてしまう。

すでに、増谷の体内には毒が注入されていた。

「うっ」

声を発したのは、供人たちのほうだ。

ふたりとも気を失い、参道に倒れこむ。

気配もなく近づいた蔵人介と串部に、当て身を食らったのである。

増谷はそれすらも気づかず、二、三歩進んだところで転びかけた。

手足が硬直し、前のめりになったところへ、左右から手が伸びる。

蔵人介と串部が増谷の両脇を支え、引きずるように連れ去った。

「あっ、誰か倒れてるぞ」

振りむけば、白目を剝いた供人たちのまわりに野次馬が集まっている。

人の流れに逆らうように、増谷は参道の甃《いしだたみ》に沿って素早く引きずられていった。注入された毒は微量ゆえ、手足の痙攣はすぐに収まるだろう。だが、意識は朦《もう》朧《ろう》としており、増谷は叫ぶことはおろか、喋ることすらできないようだった。

鳥居から外へ抜けると、辻駕籠が一挺待っていた。

「おやおや、ぐでんぐでんじゃねえか」

「ほんとだ、昼間っから呑みすぎだぜ」

勇み肌の駕籠舁きたちは、軽口を飛ばしながら増谷を駕籠に押しこめる。

酒手《さかて》を弾んでおいたので、頼んださきへ遅滞《ちたい》なく運んでくれるだろう。

蔵人介と串部は駕籠脇に従き、小走りに走りはじめた。

伝右衛門はと言えば、何処かへすがたを消している。

増谷は鍵を握る人物なので、責め苦を与えて不正のからくりをじっくり聞きださねばなるまい。

辻駕籠は泥水を撥ね飛ばし、あらかじめ指定しておいた場所へまっすぐに進んでいった。

十

分厚い雨雲が垂れこめ、野面は鬱々《うつうつ》として薄暗い。

半刻後、増谷は和人参の騙り売りについて、知っていることのすべてを白状した。

今は後ろ手に縛りつけられ、煤《すす》けた大黒柱にもたれている。

ここは広尾原の一角にぽつんと建った百姓家、鯖屋雁右衛門が横流しされた荷を運びいれた隠れ家にほかならない。

調べてみると、今は使われていなかった。

鯖屋は店をたたむと同時に、みずからの痕跡をことごとく消し去ったのだ。

もちろん、増谷は鯖屋の裏の顔を知っていた。

藩の御用達でありながら、和人参を不正な方法で売りさばく。

ぼろ儲けの手口を持ちかけてきたのは、鯖屋のほうであった。

「あれほどの悪党はおらぬ」

と、増谷は吐きすてた。

当初は警戒していたが、鼻先に小判を積まれて常識の箍《たが》が緩んだのだという。

「人参の効能は、唐渡りであろうと国産であろうと、さほど変わりはせぬ。同じ効能ならば同じ値で売ってどこが悪いと、鯖屋に説得された」

増谷はその気になった。

「馴れとは恐ろしいものだ。一度悪いことに手を染めれば、そこから抜けだすことなどできなくなる」

増谷は鯖屋に焚《た》きつけられて、帳簿の辻褄《つじつま》を合わせることに心血を注ぎ、ほんの数年で蔵がかしぐほどの財を築いた。だが、長崎屋源右衛門の訴えにより大目付が探索の手を伸ばしはじめたことで、情況は一変した。

「手を引く潮時かもしれぬと鯖屋に囁かれてな、わしもそう感じておったので後始末はすべてまかせた」

増谷は鯖屋から、腰浜こと浜本が大目付の隠密であることを聞かされていた。したがって、内情を知る腰浜は消さねばならぬとおもったが、どのような手で消すのかは知らされていなかった。

もちろん、吉のことは知らず、吉の双親が死んだことも、潮七郎一家の破落戸《ごろつき》どもが斬殺されたことも知らなかった。面倒事には関心を向けぬように、目と耳を閉ざしていたのだ。

知らなかったと言い訳しても、罪から逃れられるものではない。

蔵人介は「女房喰い」のことも詰問《きつもん》した。

増谷はどこが悪いのだとでも言いたげに、およしとの縁談は持参金目当ての嫁取りだったとこたえた。

「さようなこと、金に困った武家ならば、直臣《じきしん》も陪臣《またもの》もたいていはやっておろう」

何と、七年前におよしを自死に追いこんだあと、増谷は二度も「女房喰い」を繰りかえしていた。武家に娘を嫁がせたい商家から嫁を貰い、いびり倒して持参金だけをまんまとせしめたのだ。しかも、娘を泣かす卑劣《ひれつ》な手口に味をしめ、四人目の嫁を迎えようとしていると、こともなげに言った。

「許せぬ下郎《げろう》だな」

串部は悪態を吐いたが、増谷を斬ろうとはしなかった。

金を得るために、妻となった娘を食いものにし、藩を裏切って私欲に走る。増谷とは、ただそれだけの男だ。

「斬ったところで、刀の錆《さび》となるだけにござる」

しかも、増谷は鯖屋のほんとうの顔を知らない。

鯖屋の背後に隠れた得体の知れぬ連中のことも、おのれが餌にされていることも、まったくわかっていなかった。

雨は降りつづいている。

雨音に混じって、微かに跫音《あしおと》も聞こえてきた。

忍びの者たち特有の気配が、徐々に近づいてくる。

蔵人介と串部は今や、釣り針に食いついた魚も同然だった。

「殿、増谷はどういたしましょう」

「そのままでよい」

みずから関わった悪事の顚末《てんまつ》を、目に焼きつけるがよかろう。

「この雨では、火矢《ひや》は使えませせぬな」

少なくとも、小屋から炙りだされる心配はない。逆しまに考えれば、雨が降っているあいだに片を付けねばならぬということでもあった。

「串部、敵は何人とみる」

「さよう、二十人ほどでしょうか」

蔵人介の読みと大差はない。

それだけの数の忍び相手に、一戦交えねばならぬのだ。

が、ここで悪の芽を摘んでおかねば、後々に禍根《かこん》を残すことになろう。

蔵人介は今が勝負と見極め、わざと敵の罠に嵌まってやった。

「どちらが釣られた魚か、おもいしらせてやりましょう」

串部は鼻息も荒く言いはなち、着物の両袖を勢いよく破ってみせる。

表口から二十間ほどさきには、鬱蒼《うっそう》とした雑木林が広がっている。

忍びの跫音は雑木林を越え、もはや、至近まで迫っていた。

蔵人介はおもむろに立ちあがり、きゅっと襷掛けをする。

腰には無論、愛刀の鳴狐が差してあった。

増谷は鳥のように目をまるめ、じたばたしはじめた。

「おい、何をしておる。いったい、何がはじまるのだ」

「おぬしは黙ってみておればよい。そこからなら、正面口の向こうがよく見渡せよう。ただし、戸口を開けた途端に、矢が飛んでくるかもしれぬゆえ、せいぜい気をつけよ」

「待ってくれ、助けてくれぬか、頼む」

悪党の命乞いに聞く耳は持たぬ。

串部が大股で進み、表戸をどんと蹴りつけた。

ざっと、雨が降りこんでくる。

同時に、弦音《つるおと》が響いた。

——びんびん、びんびん。

黒羽の矢が束になって飛んでくる。

「うげっ」

増谷が悲鳴をあげた。

矢は壁や床に刺さり、増谷の腿にも刺さった。

「ひぇええ」

悲鳴がうるさいので、蔵人介は猿轡を嚙ます。

ついでに矢傷を調べてみると、毒矢でないことがわかった。

「さればな」

蔵人介は立ちあがり、表口へ向かう。

獲物を置き去りにし、敢然と外に飛びだした。

串部は両手をひろげ、仁王立ちになっている。

「さあ、来い」

掛け声に煽《あお》られ、敵の先陣が迫った。

五人いる。

串部は微動だにしない。

忍びどもは、一斉に地を蹴った。

が、誰ひとり、串部のもとへたどりつけなかった。

地に降りたった瞬間、落とし穴に嵌まったのである。

「ふはは、まんまと引っかかったな」

串部と伝右衛門があらかじめ掘っていた仕掛けだった。

穴は浅く、竹の先端を鋭く削った槍衾《やりぶすま》が底から突きでている。

先陣を呆気なく失い、敵は自分たちが罠に嵌まったことに気づいた。

「狼狽《うろた》えるな、獲物はたったの二匹だ」

後方で吠える男は錣頭巾《しころずきん》をかぶり、大きなからだに黒い筒袖と股引を着けている。

配下の忍びも黒装束で身を固めているので、縦横に鴉が飛び交っているような錯覚をおぼえた。

錣頭巾の男が、殺生奉行の尾鷲兵庫にちがいない。

尾鷲のかたわらには、小太りの男が立っている。

やはり黒装束だが、ひとりだけ顔を晒していた。

鯖屋雁右衛門である。

「囲め、囲め」

外見とはうらはらに、身軽な動きをしてみせる。

鯖屋は五人ほどを率いて、落とし穴を乗りこえてきた。

一方、串部は身を沈め、ふいに走りだす。

地べたを這うように迫り、ひとり目の臑を刈った。

「ぬげっ」

驚いたふたり目は脇へ跳んだが、両刃の同田貫から逃れられない。

脚絆《きゃはん》を巻いた臑が一本、中空へ飛ばされた。

泥濘《ぬかるみ》に転がる配下を踏みこえ、鯖屋が眸子を血走らせる。

「くそっ、生かしてはおかぬ」

抜かれた刀は雨粒を飛ばし、鼻面へぐんと伸びてきた。

これを憤然と弾き返し、串部は前歯を剝いて笑う。

「ふはは、修羅場《しゅらば》へようこそ」

金音《かなおと》とともに、本身同士が激しくぶつかりあう。

百姓家の周辺には、尋常ならざる殺気が渦巻きはじめた。

十一

――ひゅん、ひゅん。

左右から矢が飛んでくる。

「射殺《いころ》せ」

雑木林を背にして、首領の尾鷲が吠えていた。

蔵人介は落とし穴を飛びこえ、矢を躱しながら走る。

尾鷲のまわりには、十人ほどの手下が控えていた。

そのうちの三人は片膝をつき、矢を番《つが》えている。

――びん、びん。

弦音とともに、またも矢が放たれた。

と、そのとき、雑木林がざわめいた。

「うわっ」

敵どもの真後ろへ、大きな丸太が襲いかかってくる。

高い木の上から綱で吊るされ、巨大な振り子と化している。

忍びたちは危機を察し、どうにか丸太を避けた。が、混乱をきたすなか、丸太のてっぺんから放たれた矢を避けることはできなかった。

気づいてみれば、弓方の三人は頭や胸を射抜かれて死んでいる。

狙いすましたように射掛けたのは、伝右衛門にほかならない。

動揺する敵中へ、蔵人介は躍りこんだ。

「殺れ、あやつを殺れ」
七人の忍びは左右に分かれ、上下から襲いかかってくる。
蔵人介は抜刀し、刀身で雨粒を弾きながら影を斬った。
ひとり目、ふたり目と一刀で斬りふせ、三人目の脾腹を裂いて擦れちがう。
まるで、舞いでもみているかのようだった。
四人目が躊躇《ちゅうちょ》するのをみて、蔵人介は納刀する。
百姓家のほうを振りむけば、串部も乱戦のただなかにあった。
多勢に無勢だが、伝右衛門の加勢さえあれば、窮地を脱することはできよう。
「ぬりゃ……っ」
四人目が突きかかってきた。
横三寸の動きで躱そうとするや、五人目が上から襲ってくる。
身を反って躱したものの、ざくっと左胸を裂かれた。
傷は浅い。
返しの一刀で、同時にふたりを斬った。
残るは首領もふくめて三人、蔵人介の息はひとつもあがっていない。
血振りを済ませ、静かに納刀する。

「鬼役め、噂以上の手練だな」

錣頭巾の首領が喋った。

「尾鷲兵庫か」

「ああ、そうじゃ」

「これも堀大和守さまの命か」

「そうとも言えよう。公方さまより密命を与えられし者はひとりでよいと、大和守さまは仰せじゃ」

「おぬしが、そのひとりになるつもりか」

「いかにもな。ふふ、鬼役を葬れば、わしの天下がやってくる」

「笑止《しょうし》な。おぬしはただの悪党ではないか」

目途のためには手段を選ばず、相手が誰であろうと裏取りもせずに命を絶つ。そのような悪党に、暗殺御用の御墨付を与えるわけにはいかない。

「御政道を牛耳《ぎゅうじ》るのは悪党であろう。水野さましかり、堀さまや鳥居さましかり、悪党でなければ、幕政の舵取りはつとまらぬ。さようなことは説くまでもなかろうが」

「外道の理《ことわり》よな」

「何とでもほざくがよい。負け犬の遠吠えにしか聞こえぬわ。大和守さまはな、もうすぐ上様より御墨付を頂戴する。そうなれば、名実ともにわれらが御政道の裏を支えることになる」

蔵人介は殺気を放ち、三白眼に睨みつける。

「おもいどおりにはさせぬ」

「阻めるかな、おぬしに。わしは少々、手強いぞ」

両端に控えた配下が、たんと地を蹴った。

「死ね」

結界《けっかい》を破って鼻先へ迫る。

――ひゅん。

蔵人介は抜いた。

ひとりの脾腹を裂き、もうひとりは真上から一刀両断にする。

「ずおおお」

忍びたちの発する断末魔の叫びは、背後からも聞こえてきた。

串部が右八相に構え、鯖屋を袈裟懸けに斬ったのだ。

伝右衛門もひとりを斬り、残すは尾鷲ひとりになった。

「ふん、所詮は雑魚《ざこ》どもよ」

尾鷲は強がりを吐き、錣頭巾をはぐりとる。

晒された素顔は、吊るし切りにする鮟鱇《あんこう》に似ていた。

今までにみてきた悪相のなかでも三指にはいろう。

蔵人介は、まんじりともしない。

鳴狐の刀身には脂《あぶら》が巻いていた。

七人も斬れば、刀はこうなる。

脂の詰まった尾鷲の首を飛ばすのは至難の業であろう。

尾鷲にもそれがわかっている。ただ、鳴狐の長柄に八寸の仕込み刃が隠されていることは知るまい。

「まいるぞ、鬼役」

尾鷲は直刀を抜き、低い姿勢で駆けてきた。

駆けながら懐中に手を入れ、棒手裏剣を投げつけてくる。

——かん、かん。

蔵人介は刀で棒手裏剣を弾き、脇差の鬼包丁を投擲《とうてき》した。

尾鷲も駆けながらこれを弾き、撃尺《げきしやく》の間合いを飛び越える。

「ふん」

鳴狐の先端を伸ばすや、尾鷲は弾かずに刀身で受けた。

身ごとぶつかり、重ねた刀身ともども、ぐいぐい圧《お》してくる。

蔵人介も圧し返した。

こうなれば、力勝負だ。

刃の向こうに、醜悪な顔が笑っている。

尾鷲はふいに離れ、右手の片持ちから袈裟懸《けさが》けに斬りつけてきた。

蔵人介は難なく躱し、こちらも右八相から袈裟懸けに出る。

——きゅいん。

金音とともに、火花が散った。

ふたたび、両者は刀を合わせ、鍔迫《つばぜ》り合いに転じる。

尾鷲は片手持ちに切りかえ、左手に苦無《くない》を握った。

苦無の先端からは、蛇毒の臭いがする。

「喰らえ」

胸を突かれる寸前、咄嗟に反転しながら、ずんと顔面に肘打ちをくれた。

「ぶわっ」

尾鷲は鼻血を散らし、一歩、二歩と蹌踉《よろめ》めきながら後退する。
その間隙《かんげき》を逃さず、蔵人介は大上段から斬りつけた。
「ぬおっ」
これを片手持ちの刀で受けつつ、ふたたび、尾鷲は身を寄せてくる。
蔵人介も身を寄せながら、柄の目釘《めくぎ》をぴっと抜いた。
八寸の仕込み刃が飛びだす。
一閃、苦無を握った左手が落ちた。
ばっと、血が噴きでてくる。
尾鷲はそれでも、残った右手を上段に持ちあげた。
「ぬわああ」
渾身《こんしん》の一撃が頭上に襲いかかる。
蔵人介は躱しもせず、刀身を猛然と薙《な》ぎあげた。
——ばすっ。
尾鷲の断たれた右腕が、鎌のように旋回しながら飛んでいく。
両手を失った鮟鱇は口をあけ、驚いた顔をしてみせる。
よもや負けるはずはないとおもっていたのだろう。

蔵人介は一歩踏みだし、額のまんなかに刃の先端を突きたてた。

「ぬごっ」

尾鷲兵庫はどす黒い虚空をみつめ、海老反りの恰好で倒れていく。

「殿、こちらへ」

串部に呼ばれて百姓家に戻ると、縛られたままの増谷鼎が項垂《うなだ》れていた。

胸や肩に無数の矢が刺さっている。

「悪党の末路にふさわしゅうござる」

と、伝右衛門がつぶやいた。

雨に打たれた屍《しかばね》を百姓家へ集め、雨が熄んだら火を放たねばならない。

ここなら延焼の心配もあるまい。裁いた者たちを荼毘に付し、経のひとつもあげてやろう。

世の中には、痕跡もなく消し去るべき悪党たちもいる。

「何はともあれ、無事に密命を果たしましたな」

安堵の溜息を吐く串部にむかって、蔵人介はじっくりうなずいた。

十二

長月二十三日。

願掛けもできぬ、月の無い晩であった。

公方家慶は継嗣《けいし》の期間が長かったせいか、時折、溺れるほど酒を呑んでは奇抜な行動を取る。今夜も大奥の御小座敷で夕餉《ゆうげ》を摂《と》ったあと、隣の蔦《つた》之間で大奥の女中たちを相手に目隠し鬼をやりはじめた。

「羽目を外しておしまいになられませ」

目隠し鬼を仕切るのは、数日前から姉小路のもとへご機嫌伺いに訪れている如心尼である。

姉小路は如心尼をじつの姉も同然と慕っているので、大奥への出入りは好きなように許されているし、家慶の座興相手も任せられていた。姉小路から「今宵は無礼《ぶれい》講《こう》じゃ」とのお達しもあったので、奥女中たちも日頃の鬱憤《うっぷん》を晴らすかのように遅くまではしゃいでいる。

家慶は小便がしたくなり、案内役の奥坊主をそばに呼んだ。

奥坊主とは身のまわりの世話をする女官のことで、たいていは頭髪を剃って白い着物を纏っている。

「はばかりじゃ、早う、はばかりに連れていけ」

目隠しを取ろうとすると、如心尼が笑いながら声を掛けた。

「上様、目隠しを外したところで、今宵の座興はおひらきといたしましょう」

「嫌じゃ。まだ遊び足りぬ」

「なれば、目隠しをされたまま、厠へお行きなされ」

「目隠しをしたままか」

「それも一興かと」

「ほほ、そうじゃな。誰ぞ、手を取れ」

温かい奥坊主の掌が、やんわりと握りしめてくる。

家慶はごくっと唾を呑みこみ、喉仏を上下させた。

千鳥足で廊下をわたり、厠では長々と用を足す。

用を足す際も、奥坊主にいちもつを持ってもらった。

目隠しを取らずに手水《ちょうず》で手を洗い、ふたたび、温かい掌に握られて廊下へ戻る。

廊下のさきを何度か曲がり、途中で鈴音を聞いたような気もしたが、酔っているので判別できない。まるで、雲の上でも歩いている気分だった。

「おい、部屋はまだか」

催促するたびに、奥坊主はこたえる。

「もうすぐ、もうすぐにございます」

声の主がくノ一の里であることなど、家慶は知ろうはずもない。

里に導かれた部屋は異様に狭く、半分は簞笥で占められていた。

蜜柑《みかん》か柚子のような香りが、ほのかに漂っている。

「……上様、着きました。さあ、お座りください」

聞こえてきたのは、奥坊主の声ではない。

老爺《ろうや》のごとき嗄《しゃが》れた声だ。

はらりと、目隠しが外れた。

暗い部屋のまんなかに灯明《とうみょう》が灯っており、そばに立つ煤竹の花入れには一輪の橘が挿してある。

灯明の奥から、嗄れた声だけが聞こえてきた。

「上様、今宵が何の日か、おわかりでございますか」

「……な、何者じゃ、おぬしは」

家慶は呂律《ろれつ》がまわっていない。ただ、頭は妙に冴えていた。

声の主が喋った。

「それがしは、御用部屋の番人にござります。本来ならば、ここは上様の隠し部屋、歴代の公方さまがたったひとりで誰にも邪魔されず、目安箱への投げ文をお読みになる部屋でござりました」

「楓《かえで》之間の裏にある御用部屋か……ま、まさか、おぬし……た、橘右近の幽霊ではあるまいな」

「ふふ、幽霊かもしれませぬぞ。本日は一周忌なれば、あの世から罷《まか》り越しても叱られますまい」

「……さようか、あれからもう一年が経つのか」

家慶はしんみりとつぶやき、感慨深く溜息を吐いた。

「上様は短冊に歌を綴ってくだされましたな」

「季節外れの橘一輪、千紫万紅を償いて余れり」

「ほっ、おもいだしていただけましたか」

「忘れるものか。橘右近は忠臣の鑑《かがみ》であった。おぬしを失って、余《よ》がどれほど嘆いたことか」

「もったいないおことばにござります。されど、上様、今宵はちと耳の痛いはなしをせねばなりませぬ」

「何じゃ、諫言か」

「いかにも。幽霊の諫言ゆえ、他意はござりませぬ。心の底から上様のご幸福と徳川家のいやさかを願って申しあげるのでござります」

「何じゃ、早う言うてみよ」

「畏れながら、上様におかれましては先だって、井伊掃部頭さまにたいして『藩内で揉め事を察知したら、芽の内に摘ねばならぬ。どうしても困ったときは、桜田御用屋敷を訪ねてみるがよかろう』と耳打ちなされたとの由《よし》、かかる不用意なご発言により、如心尼さまが危うい目に遭われるところにござりました」

「何と、そうであったか」

「掃部頭さまへの耳打ち、よもや、お忘れになったわけでは」

「いや、忘れたな」

「されば、こちらを」

枯れ木のごとき腕が伸び、奉書紙《ほうしょがみ》が差しだされた。

家慶は紙を灯明に近づけ、さっと目を通す。

「余の字じゃ」

「いかにも。御右筆部屋から拝借してまいりました。それは、如心尼さまにお与えになった御墨付と同じものにございます」

「たしかに、書いたかもしれぬ」

煮えきらぬ家慶に向かって、幽霊は強い口調で糺す。

「どなたにお与えになるおつもりでしょうか」

「堀大和守じゃ。どうしてもと、頼まれてな」

「もしや、それは、堀大和守さまがそれがしの後継者とお考えになってのご判断にござりましょうか」

「あやつは切れ者ゆえ、かまわぬのではないか」

「されば、目安箱のことも、大和守さまにお任せになると仰せですか」

「いや、そこまでは考えておらなんだ」

家慶は思案顔になる。

目安箱の目途は、公方みずからが世の中の不平不満を掬いとり、施策に繁栄させることにある。だが、家慶も先代の家斉も投じられた文をすべて読むのが面倒なので、橘に管理を任せていた。橘の後継者は「目安箱の管理人」とならねばならず、それこそが公方に厚い信頼を得ている証しにほかならなかった。

幽霊は、さらに口調を強める。

「失念されておられたか。ただいま、秘かに目安箱の管理を任されておるのは、如心尼さまにござります」

「そうであったかな」

「上様、おとぼけになられては困りまする。まさか、如心尼さまは必要でないと仰せですか」

「いや、さようなつもりはない。如心尼を選んだは、おぬしの遺言でもあるゆえな」

「上様はいったい、誰をお信じになられるのか。御墨付は一枚でこそ効力を発揮いたします。同じものが二枚あれば、もはや、無きも同然にござる。それがしがまちがっておりましょうか」

「いいや、そちの言うとおりじゃ」

「されば、この御墨付は破ってもよろしゅうござりますな」

いつのまにか、御墨付は幽霊の手の内にあり、粉々に破られていった。

「上様、さあ、目隠しを。お部屋に戻って、余興のつづきをおやりなされ」

温かい掌に握られ、家慶は立ちあがった。

部屋から出ようとしたとき、嗄れた声が背中に掛かる。

「ああ、そうそう。上様、堀大和守さまにお伝え願えませぬか。金輪際《こんりんざい》、御鳥屋のことは忘れよと」

「ん、御鳥屋がどうしたのだ」

「どうもいたしませぬ。上様のお口からお伝えいただければ、大和守さまはおわかりになられるかと」

「よし、ついでがあれば伝えておこう」

家慶はまだ、夢見心地でいるようだ。

跫音が遠ざかると、ふいに、灯明が消えた。

座っていた黒い影が立ちあがり、隣の楓之間を通り抜けて廊下に出る。

容貌は暗すぎてわからぬが、すがたかたちは蔵人介にほかならない。

耳を澄ませば、大奥へと通じる上御鈴《かみおすず》廊下の鈴音が聞こえてくる。

目隠し鬼がいつまでつづくかはわからぬが、道化の役割を演じた如心尼は明朝までに平川門を潜って帰路につくことだろう。

家慶が幽霊の諫言を律儀に守るかどうかは、尿筒持ちの伝右衛門がこれまで以上に気を付けて見張るはずだ。

──ころころりーん。

中庭の片隅から、蟋蟀《こおろぎ》のかぼそい鳴き声が響いてくる。

「あれは……」

本物の鳴き声かどうか、さすがの蔵人介にも判断がつかなかった。

光文社文庫

文庫書下ろし／長編時代小説

公《く》　方《ぼう》　鬼役《おにやく》 壱

著　者　坂《さか》　岡《おか》　真《しん》

2019年8月20日　初版1刷発行

発行者　鈴　木　広　和
印　刷　堀　内　印　刷
製　本　ナショナル製本

発行所　株式会社　光　文　社
〒112-8011　東京都文京区音羽1-16-6
電話（03）5395-8149　編　集　部
8116　書籍販売部
8125　業　務　部

ISBN978-4-334-77900-9　Printed in Japan

組版　萩原印刷

鬼役メモ

画・坂岡 真

※ページ内側にあるキリトリ線で切って、備忘録にお使い下さい。

キリトリ線

鬼役メモ

画・坂岡 真

※ページ内側にあるキリトリ線で切って、備忘録にお使い下さい。

キリトリ線

鬼役メモ

画・坂岡 真

※ページ内側にあるキリトリ線で切って、備忘録にお使い下さい。

キリトリ線

キリトリ線

鬼役メモ

画・坂岡 真

※ページ内側にあるキリトリ線で切って、備忘録にお使い下さい。

鬼役メモ

※ページ内側にあるキリトリ線で切って、備忘録にお使い下さい。

キリトリ線

キリトリ線

鬼役メモ

画・坂岡 真

※ページ内側にあるキリトリ線で切って、備忘録にお使い下さい。

鬼役メモ

画・坂岡 真

※ページ内側にあるキリトリ線で切って、備忘録にお使い下さい。

キリトリ線

キリトリ線

鬼役メモ

画・坂岡 真

※ページ内側にあるキリトリ線で切って、備忘録にお使い下さい。